어제보다
오늘, 더
성장하고 싶은
너에게

어제보다
오늘, 더
성장하고 싶은
너에게

회사의 안과 밖에서 타인에게 휘둘리지 않고
나만의 시간표대로 살아가는 법

정서연 지음

마음시선

2장

어떤 선택을 하든 인생에서 가장 중요한 건 언제나 나

마음챙김 #인간관계

3장

어제보다 발전하는 나, 나만의 시간표 만들기

#성장 #배움 #퍼스널브랜딩

4장

당당하고 단단한 나로 살아가는 법

#경제적자유 #돈공부 #정신적자유 #독서

에필로그

'성공'보다 '성장'에 집중하는 삶

'3의 법칙'이라는 심리학 용어가 있다. 같은 행동을 하는 세 명이 모이면 사람들이 집단적으로 행동하기 시작한다는 것이다. 가령 강남 한복판에서 한두 사람이 손으로 하늘을 가리킬 땐 아무 일도 일어나지 않지만, 세 명이 동시에 가리키면 거의 모든 사람이 하늘을 쳐다보게 된다. 세 명이 같은 행동을 하는 데엔 그만한 이유가 있을 것으로 생각하기 때문이다.

인간은 사회적 동물이기에 본능적으로 다른 사람과 비슷한 행동을 하려고 한다. 모두가 'Yes'라고 할 때 'No'라고 외치기 어려운 이유도 여기에 있다. 하지만 남들과 비슷한 결정이 항상 안전한 결과를 낳는 것은 아니다.

김경일 아주대학교 심리학과 교수는 원하는^{want} 것과 좋아하는^{like} 것을 구분하라고 조언한다. 원하는 것과 좋아하는 것은 상관관계가 '0'에 가까울 만큼 완전히 다르다. 친구들이 모두 가지고 있는 어떤 물건을 자신도 갖고 싶다면 그것은 'want'에 가깝다. 남들과 비교해 나만 없다고 생각되기 때문에 '원하게' 된다. 그 물건을 갖는 순간 불안감은 사라지지만 내 마음에서 우러난 것이 아니기에 'like'로 이어지지는 않는다.

우리는 매일 나와 다른 사람을 비교하며 남들이 가지고 있지만 나에게는 없는 것에 집중하곤 한다. 내가 '진짜로' 원하는 것인지 아닌지 파악하기보다는 다른 사람들이 무엇을 가지고 있느냐에 관심을 쏟는 것이다. 인생에서도 마찬가지다. 대입, 취업, 결혼, 출산처럼 사회가 정해놓은 '정답'에 자신을 끼워 맞추며 살아온 것은 아닐까?

나 또한 얼마 전까지만 해도 끊임없이 타인과 나를 비교하며 스스로를 괴롭히며 살았다. 사회적으로 정답이라고 여겨지는 것들을 순차적으로 해나가며 몇몇 부분에서는 성과를 냈고 때로는 만족스럽다고 생각하기도 했지만, 결과적으로는 행복하지 못했다. 언제나 마음 한편에서는 '이건 내가 좋아하는 일이 아닌데', '진짜 나다운 건 이게 아닌데'라며 '정답'을 부정하는 내가 있었기 때문이다.

우리 대부분은 '성공'을 꿈꾼다. 하지만 성공의 기준은 누가 정한 것일까? 성공은 돈, 명예, 사회적 지위를 얻는 것과 같이 공통적인 기준에 따라 평가가 내려진다. 문제는 성공이 상대적인 비교를 전제하는 개념이라는 것이다. 실패한 사람은 성공한 사람을 보고 불행해지고, 성공한 사람은 자신보다 더 성공한 사람 때문에 불행해진다. 성공했다 할지라도 자신보다 더 잘나가는 사람은 언제나 존재하기 때문에 행복은 계속 저 멀리에 있다.

나는 '성공'보다 '성장'에 집중하면서부터 불행에서 벗어났다. 성공과 성장은 다르다. 성공은 공통 기준이 있는 반면, 성장은 내가 기준이다. 어제보다 오늘, 더 나아졌다면 성장한 것이 된다. 타인의 평가에 좌우될 필요 없이, 어제의 나와 비교해 오늘의 내가 어떻게 달라졌는지 살펴보기만 하면 된다.

물론 성공보다 성장을 택하는 삶의 태도를 갖는 것이 쉽지만은 않다. 경쟁을 부추기는 교육 시스템에서 자라온 대한민국의 청년들은 자신이 남들보다 뒤처졌을 때 어떤 결과를 낳는지 뼈저리게 알고 있기 때문이다. 하지만 다른 사람과의 경쟁에서 이기더라도 또 다른 경쟁이 기다리고 있다. 사회의 기준에 자신을 욱여넣어 목표를 달성하더라도 또 다음 목표가 기다리고 있을 뿐이다.

무한경쟁의 챗바퀴에서 탈출하기 위해서는 성취의 기준을 '나'로 바꿔야 한다. 사회적으로 '성공'이라 부르는 기준 대신 모든 일에 나를 기준으로 두는 것이다. 가령 대학생의 경우 '남들보다 높은 학점을 받아야 한다'고 생각하는 것이 아니라 '내가 지난 학기에 받은 학점보다 높은 학점을 받아야 한다'고 생각해보자. 아무리 공무원이라는 직업이 좋다고 하지만, 내가 하고 싶은 일이 아니라면 뛰어들지 않는 용기도 필요하다. 모두들 연봉이 중요하다고 외치며 좀 더 높은 연봉을 받기 위해 이직을 한다 해도 내가 일할 때 중요하게 생각하는 가치가 '사람'이라면, 조직 구성원을 보고 회사를 옮겨야 만족할 수 있다.

많은 분들이 지금 이 순간에도 어떻게 살아야 할까를 고민할 것이다. 나는 그런 분들에게 '성공'보다는 '성장'을 목표로 하는 삶의 방향을 제시하고 싶다. 그것이 행복으로 다가가는 길이라고 믿기 때문이다.

이 책에는 그동안 내가 회사의 안과 밖에서 성장하기 위해 어떤 노력들을 해왔는가에 대한 구체적인 방법들과, 더 단단해지기 위해 필요한 마음가짐, 알아두면 도움이 될 만한 지식 등을 담았다. 다른 사람이 뭐라고 하든 내가 좋아하는 일이 무엇인지 찾고, 어제보다 오늘 그 목표를 향해 한 발 나아갔다면 그것으로 우리는 충분히 훌륭하게 '성장'한 것이다.

지금의 삶이 불만족스럽지만 스스로 무엇을 좋아하는지, 혹은 잘하는지는 구체적으로 모를 수도 있다. 그럴 땐 당장 무언가를 실행하거나 선택하지 않아도 좋다. 찬찬히 자신을 들여다보고 내가 좋아하는 것이 무엇인지, 나에게 필요한 것이 무엇인지 고민하는 시간을 가져보자. 지금 잠시 멈춰서 자신을 알아가는 시간들은 앞으로 당신을 더욱 빛나게 해줄 것이다.

이제 타인과의 비교를 멈추고 자신만의 시간표대로 살아가보자. 그것이 우리 각자가 지금, 여기에서 행복해질 수 있는 가장 확실한 방법이다.

1장

앞으로의 나,
어떻게 인생을 살 것인가

#나

#인생계획

#방향성

✳

'나'를 찾기 위한 여정

어린 시절 모범생에 가까웠던 나는 스스로에게 늘 엄격했다. 스스로 높은 기준을 부여하고 그것을 지키려 고군분투했다. 대입이나 취업 등 인생의 과제라고 불리는 것들도 성실하게 수행해나갔다. 수시전형으로 대학에 합격했고, 대학 졸업 후 바로 취업이 된 것은 아니지만 목표로 했던 기자도 됐다. 기자를 그만둔 후에는 누구나 들어가고 싶어 하는 공공기관에 취업했다. 겉으로는 나무랄 데 없는 '모범생'이자 '엄친딸'이었다.

그런데 돌이켜보면 내 인생은 늘 타협의 연속이었다. '나의 욕구'와 '사회적 요구' 사이에서 갈팡질팡했다. 글 쓰는 작가가 되고 싶은데 월급이 꼬박꼬박 나오는 기자를 목표로 삼는다거나, 유학을 떠나고 싶으면서 일과 공부를 병행하는 식으로 만족하곤 했다. 모두에게 나쁘지 않은, 그 중간 어디쯤을 찾는 식으로 타협하며 사는 것을 미덕으로 알았다. 착한 딸, 착한 학생, 착한 직원이 되고 싶어 주변의 눈치를 많이 보며 살았다.

이런 식으로 어정쩡하게 살다보니 내 안의 욕구불만은 점차 심해졌다. 그러다 깨닫게 됐다. 그 누구도 나에게 이렇게 살라고 강요하지 않았다는 것을.

심리상담을 받은 적이 있다. 상담사는 나에게 '부모 자아'가 너무 강해져 있는 상태라고 말했다. 인간은 세 가지 자아 상태를 갖는데, 부모 자아Parents ego, 어른 자아Adult ego, 아이 자아Child ego가 그것이다. '부모 자아'는 부모와 같이 권위적이고 비판적인 자아다. '어른 자아'는 논리적이고 합리적인 자아를 말하며, '아이 자아'는 본능적이고 순응적인 자아를 일컫는다. 예를 들어보자. 회사에 지각을 하게 되었을 때 정상적인 어른 자아는 "앞으로는 지각하지 말아야지"라고 반응한다. 아이 자아가 강한 사람은 "지각하는 게 뭐 어때? 안 가면 그만이지"라고 생각한다. 부모 자아가 강한 사람은 "네가 늦게 자니까 늦게 일어나지!"라며 자신을 다그친다. 나는 스스로를 다그치고 있었다.

상담사의 말을 듣고 나를 찾기 위한 여정을 시작했다. '나는 왜 사는가', '나는 무엇을 원하는가', '내가 되고 싶은 것은 무엇인가'를 고민했다. 그동안 누가 뭐라고 한 것도 아닌데, 내 안의 '부모 자아'가 스스로를 눈치 보는 사람으로 만들었다는 것을 깨달았다. 한 번뿐인 인생을 굳이 이렇게 눈치 보며 살 필요가 없다는 생각이 들었다.

내가 세상과 타협하며 살아왔다고 했지만 그 와중에도 나의 욕구를 잘 숨기지는 못했다. 하고 싶은 것은 해야만 직성이 풀리는 성격 탓이었다. 부모님과 친구들을 슬쩍 떠보니 나를 말 잘 듣는 착한 아이로 상정하고 있지도 않았다. 그들은 나를 '자기 하고 싶은 건 다 하는 사람'으로 평가했다. 이런 반응이 뭔가 억울하기도 했지만, 내가 하고 싶은 대로 다 해도 아무 문제가 없다는 사실을 자각하는 계기가 됐다. 그리고 세상은 나에게 그렇게 큰 관심을 두지 않는다는 것도 깨달았다. 다시금 내가 어떤 사람인지, 또 내가 무엇을 좋아하고 싫어하는지, 무엇을 잘하고 못하는지 집중 탐구하는 기간을 가졌다.

자아 탐색에는 커리어에 대한 고민도 포함했다. 서른 중반 즈음이 된 직장인은 자신이 회사 안에서 성장할지, 회사 밖에서 승부를 볼지 결정해야 하는 순간이 온다. 정년이 보장된 직장이라고 해서 크게 다르지 않다. 사무실 옆자리의 상사를 보고 '나는 절대 저렇게 되지 말아야지'라고 생각하는 것은 필연적인 과정이다. 상사에게 내 미래를 투영할 수 없을 때 진로 고민이 깊어진다. 사람마다 시기가 다를 뿐 회사 안에 남을지 말지 결정해야 하는 선택의 순간은 누구에게나 찾아온다.

나는 진로를 정할 당시 만약 기자가 안 된다면 막연하게 일반 기업에 취업해야겠다는 생각을 했다. 사업은 무척 특별한 사람들이 하는 일이라 생각했다. 집안 분위기도 영향을 주었다. 아버지를 비롯해 가족의 대부분이 회사원이었기에 회사원 이외의 다른 선택지를 생각조차 못했고, '회사원'이 나의 성향이 맞는지 살펴볼 기회도 없었다.

지금도 대부분의 청년들이 '취업'을 목표로 한다. 그들이 모두, 취업은 기본적으로 '회사원'으로서의 정체성을 갖는다는 사실을 인지하고 시작하면 좋을 것 같다. 회사원은 회사에서 돈을 받는 대신 노동력을 제공해야 함은 물론, 회사라는 조직의 분위기에 순응해야 하고 함께 일하는 사람들과도 긴밀히 협력해야 한다. 돈과 인간관계가 얽혀 있는 곳인 이상 회사는 그 자체로 쉽고 편한 장소일 리 없다. 물론 그중에서도 그나마 회사가 체질에 맞는 사람과 정말로 맞지 않는 사람이 존재한다. 내가 정말 하고 싶은 무엇인지 알고 성장하는 삶을 살기 위해서는 내가 회사에 적합한 사람인지 생각해볼 필요가 있다.

✳

나는 회사 체질일까?

회사생활이 힘들다고 느껴지는 순간이 많았다면 혹시 내 자아 정체성이 너무 뚜렷하지 않은지 자문해보자. 자아 정체성이 강한 사람들은 자신이 생각하는 바를 드러내놓고 표현하는 경우가 많다. 하지만 회사는 자신의 주장을 내세우는 직원보다 조직의 입장을 고려하는 직원을 선호한다. 업종에 따라 약간의 차이는 있을 수 있지만 회사는 기본적으로 튀지 않고 둥글둥글한 사람을 원한다. 자아 정체성이 뚜렷한 사람들은 수직적인 조직 내에 있으면 주장을 굽힐 줄 모르는 사람, 이기적인 사람으로 오인받기 쉽다. 모난 돌이 정 맞는다는 옛 속담이 아직까지 유효하게 작동하는 곳이 바로 회사다.

자아가 강한 사람은 회사원으로서는 힘들 수 있지만 회사

외적으로는 살아가는 데 훨씬 도움이 된다고 위로의 말을 건네고 싶다. 자아 정체성이 뚜렷한 사람은 인생을 살아가는 데 있어 주관이 확고하고, 인간관계에서도 자신만의 철학이 있다. 나는 인간이 살아가는 이유는 생존하기 위해서라고 보는데, 철학적 사고의 깊이가 깊을수록 삶의 질이 높아진다고 생각한다. 쉽게 말해 회사원으로 존재하기 위해서는 남들보다 힘든 길을 가야겠지만, 자신의 삶을 주체적으로 이끌어간다는 면에서는 '만족할' 수 있다.

잘못을 지적해야 직성이 풀리는 사람도 회사 체질은 아닌 것 같다. 불합리한 점을 지적해 개선하는 일은 꼭 필요하다. 하지만 내가 잘못된 점을 지적하고 있다면, 특히 그 대상이 상사라면 직장인으로서 잘하는 건 아니라는 사실을 인지해야 한다. 앞서 말했듯 회사는 둥글둥글한 사람을 원하는 경향이 있다.

보수적인 조직일수록 이런 유형의 사람에 대한 평가가 박하다. 다만 일반 기업과 달리 언론사는 이 부분에서 좀 더 자유롭다. 아닌 것을 아니라고 말하는 걸 직업으로 삼고 있는 사람들이 모인 만큼, 불합리를 지적하는 사람에 대해서 특별히 차별하지 않는 분위기다. 할 말은 하는 성격인 분들은 언론사에 입사하는 것도 한 방법이다. 전문직도 이 문제에서 조금은 자유로울 수 있다. 이러나저러나 사무직 직장인의 고충이 가장 심하다.

회사에 너무 높은 기대를 가지고 있는 것도 회사생활을 어렵게 만드는 요인 중 하나다. 학창 시절 열심히 공부해 대학에 입학했고, 다양한 스펙을 쌓아 높은 경쟁률을 뚫고 취업했으니 기대감이 생기는 것은 당연하다. 하지만 기대가 크면 실망도 큰 법. '회사란 모름지기 이러이러해야 한다', '회사라면 이 정도의 시스템은 갖추고 있어야 한다'라고 생각했던 것들이 다 아닌 것이 되었을 때 실망감은 분노로 바뀌기도 한다.

나는 대학에서 언론정보학을 전공하고 오랫동안 기자라는 꿈을 향해 달려왔기에 언론사라는 조직에 기대감이 컸다. 되돌아보면 회사원이라는 정체성을 갖추려 노력하기보다는 '정의'나 '진실' 같은 커다란 가치를 가슴속에 품고 있었던 것 같다. 그러다보니 기사를 쓸 때 광고주의 입김이 작용한다든가, 기자 개개인의 도덕성에 문제가 있다든가 하는 일들을 잘 참지 못했다. 너무나도 가고 싶었던 회사에 입사한 뒤 큰 상처를 입고 퇴사하는 친구들을 종종 보았을 것이다. 회사든 사람이든 큰 기대가 큰 실망으로 이어지는 경우는 흔하다.

이와 반대로 월급이 제대로 나오면 특별히 회사에 바랄 게 없다는 사람은 회사생활에 좀 더 적합할 수 있다고 생각한다. 물론 처음부터 기대가 없지는 않았을지라도 변화하는 환경 속에서 적응해나가는 능력을 가졌으므로 이 또한 장점이다.

회사생활을 잘하는 사람들은 일희일비하지 않는다는 특성도 있지만, 일에 투입하는 에너지와 일 외적인 부분에 투입하는 에너지를 적절히 분배하는 능력도 가지고 있다. 일만 잘하면 된다고 생각하는 것이 아니라 다른 부분도 미리 염두에 두는 것이다. 나는 회사는 일하러 가는 곳이라 생각했기 때문에 일에 투자하는 에너지를 100%로 두었다. 그러다보니 일 외적인 문제가 발생했을 때 내 예상에 없던 에너지를 써야 하는 상황에 처했고, 그때마다 힘들어하곤 했다. 가령 당장은 일적으로 얽히지 않은 관계에서 갈등 상황이 발생했다고 치자. 이것도 회사생활의 일부라고 생각하는 사람이 있는 반면, 갈등 해결을 위한 노력을 부담스러워하는 사람이 있다. 어떻게든 해결해보려 하는 사람이 당연히 회사에 더 적합한 사람일 것이다.

이처럼 일 외적인 부분이 더해져 회사생활을 완성한다. 지금도 많은 사람들이 회사원으로 살아가고 있지만, 회사에 잘 어울리는 사람이 되는 것은 결코 만만한 일이 아니다.

✳

MBTI보다 중요하다,
꼭 해봐야 할 자가진단 테스트

자신이 회사생활을 오랫동안 하기 어려운 유형의 사람임을 깨달았다면 다음과 같은 질문이 따라온다.

"내가 진짜로 원하는 것은 뭘까?"

지금은 회사생활을 잘하고 있다는 판단이 들었다고 하더라도 언젠가는 회사를 떠날 날이 오기 때문에 누구나 한 번쯤 고민해봐야 할 문제라고 생각한다. 지금이 기회다. 미루지 말고 내가 진짜로 원하는 것이 무엇인지 자기 자신과의 깊은 대화를 통해 이를 알아보자.

자신과의 대화가 중요하다는 건 알겠는데 대체 무슨 얘기를 해야 할지 난감해하는 사람들도 많다. 철학적 사고에 익숙하지 않은 우리는 존재에 대한 근본 질문을 하면 어색해진다. 서울대학교 김영민 교수가 경향신문에 게재해 큰 호응을 받았던 칼럼 〈추석이란 무엇인가〉는 이렇게 시작한다.

밥을 먹다가 주변 사람을 긴장시키고 싶은가. 그렇다면 음식을 한가득 입에 물고서 소리 내어 말해보라. "나는 누구인가."

김영민 교수는 정체성을 따지는 질문은 대개 위기 상황에서 제기된다면서 사람들은 평상시 그런 근본적인 질문에 별 관심이 없다고 진단한다. 실제로 그렇다. 일상에서 스스로 '나는 누구인가' 질문할 일은 거의 없다. 하지만 회사를 떠나려는 마음을 먹게 되었다면 필연적으로 이 질문에 맞닥뜨리게 된다. 나의 마음에 좀 더 집중해야 한다는 신호다. 나의 마음은 항상 옳다. 회사를 떠난다고 해서 끈기가 없다고 자책할 필요 없다. 그보다 내가 왜 그런 생각에 이르게 되었는지, 나는 어떤 일을 하고 싶은지, 앞으로 어떻게 살고 싶은지 등을 고민해야 한다.

나는 사실 위기 상황이 아닐 때에도 스스로에게 근본적인 질문을 자주 던지는 편이다. 매일 잠들기 전 하루를 기록하면서 나 자신과 대화하는 습관이 있다. 내가 중요하게 생각하는 화두는 방향성이다. 오늘 하루를 내가 추구하는 방향으로 살았는지 점검한다.

이런 습관을 가지고 있음에도 나 역시 퇴사를 결심했을 때는 불안감이 증폭했다. 방향성 자체가 맞는지 의심이 들자 기준이 흔들렸고, 오늘 하루를 잘 보냈는지 아닌지도 스스로 판단하기 어려웠다. 인생의 방향성은 나름대로 뚜렷하다고 자부했는데 세부적으로는 정해진 것이 아무것도 없었다.

그러다가 나카고시 히로시의《좋아하는 일만 하며 재미있게 살 순 없을까?》라는 책을 읽고 어떻게 해야 할지 힌트를 얻었다. 이 책에서는 천직을 찾는 질문 세 가지를 다음과 같이 제시한다.

1) 오늘 하루, 무엇을 하든 상관없다고 한다면 무슨 일을 하겠습니까?
2) 만일 오늘 밤 신이 나타나서 당신이 어떤 일을 하건 반드시 성공할 수 있도록 돕겠다고 약속한다면, 어떤 직업을 선택하겠습니까?
3) 당신에게 질투의 불꽃이 가장 불타오를 때는 언제입니까?

이러한 질문을 바탕으로 질문을 좀 더 세분화해보았다.

○ 남들과 차별화되는 나의 능력

○ 나에게 중요한 것(절대 침해받고 싶지 않은 가치)

○ 내가 좋아하는 것

○ 내가 싫어하는 것

○ 내가 두려워하는 것

○ 현재 다니는 회사를 그만두고 싶은 이유

○ 현재 다니는 회사를 그만두고 나서 내가 하고 싶은 일

○ 구체적으로 하고 싶은 일이 없다면, 어떤 방향성을 가지고 인생을 살고 싶은지

남들과 차별화되는 나의 능력은 언뜻 떠오르지 않을 수 있다. 스스로 잘하는 것이 별로 없다고 느끼는 사람들이 의외로 많다. 하지만 남들보다 뛰어난 수준이라고 해서 엄청난 능력을 보유해야 한다는 뜻이 아니다. 오히려 이 항목은 나의 개성을 묻는 질문에 가깝다. 수업 시간 조별 과제를 하는 경우를 떠올려보자. 말을 잘해서 발표에 적합한 사람, PPT를 잘 만드는 사람, 논리적으로 글을 쓰는 사람, 갈등 중재를 잘하는 사람, 분위기를 좋게 만드는 사람 등 다양한 부류가 있다. 여러 분업 중 내가 가장 편한 일이 무엇이었는지 생각해보는 것도 도움이 된다. 남들과 차별화되는 나의 능력은 업무적인 것뿐만 아니라 업무 외적인 것도 포함한다. 예를 들어, 다른 사람들의 이야기를 잘

들어주는 것도 나의 능력이 될 수 있다. 내 친한 친구 중 하나는 주변 사람들이 힘을 내고 싶을 때 자신을 많이 찾는다고 한다. 이 친구는 사람들이 무언가를 시작하려고 할 때 에너지를 줄 수 있는 사람인 것이다. 이 또한 차별화된 능력이다.

다음으로, 나에게 중요한 것(절대 침해받고 싶지 않은 가치)은 그 무엇을 주어도 바꾸지 않을 나만의 가치를 말한다. 나는 공공기관 퇴사를 준비하던 당시 '자율성'이라고 적었다. 언론사에서 일했을 때에는 자율성이 높은 편이었는데, 그때는 다른 회사들도 다 비슷한 분위기인 줄 알았다. 하지만 공공기관에 입사하고 나서 그렇지 않음을 깨닫게 되었다. 내가 20대 때부터 자율성을 중시하는 사람인지 파악하고 있었더라면 자율성이 적은 곳에서 일하지 않았을 것이다. 이처럼 뒤늦게 각성하는 경우도 흔하다. 늦은 감이 있지만 지금이라도 수정 궤도에 올라타면 된다. 인생은 오류로 가득 차 있으며 그 오류를 수정해나가는 것이 인생을 사는 하나의 방법이다.

이 항목에서 누군가에게는 '안정성'이 침해받고 싶지 않은 가치가 될 수 있다. 여러 직장을 전전하다보면 한곳에 정착하고 싶은 욕구가 이는 것이 당연하다. 하지만 안정성이 사회의 요구사항인지 내면의 요구사항인지는 다시 한 번 살펴봐야 한다. 모든 인간은 불안정성을 싫어하기 때문이다. 도전적인 사람들마

저도 불확실성을 피하고 싶어 한다. 그러나 불확실성은 인생의 전제조건임을 깨달아야 한다.

　좋아하는 것과 싫어하는 것은 비교적 쉽게 작성할 수 있을 것이다. 사람 만나는 것을 좋아한다거나, 여행 가는 것을 좋아한다는 식으로 적으면 된다. 지금은 나 자신과 대화하는 시간이기 때문에 다른 사람과 비교할 필요가 없다. 오롯이 내가 좋아하는 것들을 적어본다. 좋아하는 것들을 상상하는 것만으로 기분이 밝아지는 것을 느낄 수 있다. 내가 좋아하는 것들을 찾는 과정에서 내가 원하는 직업의 단초가 발견되곤 한다. 예를 들어, 가상의 이야기를 만들어내는 것을 좋아하는 사람은 그림을 배워 웹툰에 도전해볼 수 있고, 타인을 돕는 것을 좋아하는 사람은 심리상담사 자격증을 취득할 수 있다. 지금은 단순화시켜 이야기하고 있지만 각자의 내면으로 파고들다보면 실마리가 보인다.

　'싫어하는 것' 항목도 마찬가지다. 퇴사를 앞두면 심리상태가 다소 불안정하여 싫어하는 것이 많아질 수 있는데, 사물보다는 사람 위주로, 구체적인 것보다는 추상적인 단어로 적는 것이 도움이 된다. 나는 '나를 평가하려는 사람', '타인에게 고용된 상태'라고 적었다. 예시로는 많은 사람들을 동시에 만나는 것, 대중 앞에서 말해야 하는 상황, 혼자 낯선 장소에 가는 등이 있을 수 있다.

다음으로, '내가 두려워하는 것'은 가장 중요한 질문이 될 수 있다. 이 질문에서 퇴사에 대한 힌트를 얻을 가능성이 크다. 처음에는 '바퀴벌레'나 '귀신' 등 1차원적인 대답이 나올 수도 있지만, 좀 더 생각해보면 '돈이 없는 상태'라든지 '혼자 죽음을 맞이하는 상태' 등 근본적인 마음이 나온다. 어린 시절의 경험이나 내가 가진 트라우마를 마주한다면 내가 가장 두려워하는 것이 무엇인지 찾을 수 있다. 내 안의 상처와 마주하는 경험은 당연히 유쾌하지 않다. 하지만 내가 가진 상처를 인지하는 것에서부터 치유가 시작된다.

현재 다니는 회사를 그만두고 싶다면 그 이유는 사실 백 가지도 넘게 적을 수 있을 것이다. 이 질문의 취지는 현재의 일을 그만두는 것이 다른 길을 모색하기 위한 계기가 될 수 있는지 탐색하는 데 있다. 지금 하는 일을 그만둠으로써 내가 살아가는 방식을 근본적으로 바꿀 수 있는지 고찰해보는 것이다. 직무는 만족하지만 현재 속한 조직이 마음에 안 드는 것인지, 아니면 직무와 조직 모두가 싫은 것인지 파악해보는 식이다.

나는 공공기관에 입사할 당시 이윤을 추구하는 사기업보다는 공적인 일에 좀 더 매력을 느꼈었다. 사회에 기여할 수 있는 직접적인 방법이라고 생각했기 때문이다. 실제 입사해보니 그런 측면도 있었지만, 시간이 지날수록 회사가 하는 일들이 내가 생각하는 사회의 발전 방향과는 거리가 있다는 것을 깨닫게 되었다. 이처럼 업무와 조직 측면에서 회사를 그만두고 싶은 이유를 고찰해보는 것이 도움이 된다.

앞으로 내가 어떤 일을 하고 싶은지에 대한 질문에서는 아직 하고 싶은 일이 뚜렷하지 않다면 갈팡질팡할 수도 있다. 그런 경우 너무 구체적으로 생각할 필요는 없고, 어떤 방향성을 가지고 인생을 살고 싶은지 정도로 적어보면 도움이 된다. 나는 어떻게 살다 가고 싶은지, 나는 어떤 사람이 되길 바라는지 가볍게 적어보도록 하자. 어떻게 살고 싶은지 모르면 어떤 일을 하고 싶은지도 알 수 없다. 돈이 최고의 가치라면 부자가 되고 싶다고 쓸 수 있고, 공동체적 가치를 우선시하는 사람이라면 세상에 선한 영향력을 미치고 싶다고 쓸 수 있을 것이다.

질문에 대한 답들을 찬찬히 적어보았다면 다음으로는 마인드맵을 그려보는 것도 좋다. 중앙에 내 이름을 크게 쓴 뒤 머릿속에 떠오르는 생각들을 가지치기해나가는 것이다. 가지가 뻗어나가는 과정에서 여기서 제시한 질문들 외에 더 창의적인 내용들이 나올 것이다. 회사에 남든 회사를 나오든, 중요한 건 나 자신이 기준이 되어야 한다. 자기 자신과 충분히 대화를 나누고 난 뒤 앞으로의 목표를 설정해야 한다.

✳

좋아하는 일 vs. 잘하는 일

"좋아하는 일을 해야 하나, 잘하는 일을 해야 하나?"

진로를 고민하는 사람이라면 누구나 한 번쯤은 이 질문에 맞닥뜨렸을 것이다. 좋아하는 일을 하라는 사람, 잘하는 일을 하라는 사람, 제각기 답이 다르다. 사실 정답은 있다. '좋아하면서 잘하는 일'을 하라는 것. 하지만 좋아하면서 잘하기까지 하는 일을 찾는 것은 쉽지 않다. 그렇다면 어떻게 해야 할까. 우선 좋아하는 일을 선택하고, 그것을 지속하여 잘하게 만들면 된다.

'잘하는 일'은 젊은 날에 달성하기 어렵다. 천재이거나 운이 대단히 좋은 경우 20~30대에도 큰 성취를 이룰 수 있으나 보통의 사람들은 40~50대가 되어서야 결실을 맺는다. 못하는 일을 지속하여 잘하게 될 가능성은 있지만, 싫은 일이 좋아질 일은 별로 없다. 그러므로 좋아하는 일과 잘하는 일 사이에서 고민된다면 '좋아하는 일'을 선택해야 일적인 성취를 이룰 가능성이 커진다.

물론 현실에서는 일에서의 좋고 싫음이 공존하고, 능력은 잘함과 못함 양극단 사이의 어디쯤에 있을 것이다. 그럼에도 편의를 위해 네 가지 범주로 나누어보았다.

1) 좋아하는데, 잘하는 일
2) 좋아하는데, 잘 못하는 일
3) 싫어하는데, 잘하는 일
4) 싫어하는데, 잘 못하는 일

이 중 4번인 '싫어하는데, 잘 못하는 일'은 군이 언급할 필요가 없을 것이다. 어쩌다보니 그런 일에 접어들었다면 어서 빠져나오는 게 상책이다. 고민의 지점은 2번과 3번 중 무엇을 택하느냐다. 나는 2번 '좋아하는데, 잘 못하는 일'을 선택하는 것이 더 낫다고 생각한다. 1번 '좋아하는데, 잘하는 일'로 가기 위해서는 3번이 아닌 2번이 더 빠른 길이라고 보기 때문이다. 중요한 것은 선택한 이후의 노력이다. 그 일을 잘해내기 위해 지속적으로 노력한다는 점을 전제하고 2번을 선택하는 것이다.

'잘 못하는 일'의 앞에는 '아직'이라는 수식어가 붙는다. 일적인 성취를 이룬 사람들은 '좋아하는 일'을 '지속적으로' '잘해냈다'는 공통점이 있다. 처음부터 잘하는 일은 없다. 좋아하는 일을 지속적으로 해나가다보면 결국엔 잘하게 된다.

예전에는 좋든 싫든 본인이 잘하는 일을 해야 한다는 의견이 더 많았던 것 같다. 평균수명이 길지 않고 경제가 빠르게 발전하던 시대에는 좋아하는 일보다 잘하는 일을 선택하는 것(3번)이 보다 안정적이었다. 하지만 지금은 일부 직종을 제외하고는 정년을 보장받는 시대도 아닐뿐더러, 정년까지 일한다고 해도 그 뒤에 긴긴 삶이 이어진다. 하기 싫은 일을 잘해낸다고 한들 인생에서 만족을 얻을 수 없고, 자기 자신의 성장이라는 관점에서 봤을 때도 뒤처지게 된다.

개인의 개성이 점차 중요시되고 나만의 고유한 취미 활동이 돈이 되는 시대가 되면서 좋아하는 일에 대한 가치가 더 높아졌다. 나 또한 예전에는 잘하는 일을 선택하는 게 더 낫다고 생각했다. 그런데 아무리 그 일을 잘하더라도 싫어하는 마음이 있다면 성장이 정체된다는 것을 깨닫게 됐다. 남들에게는 좋은 평가를 받을 수 있을지 몰라도 스스로 그 일을 좋아하지 않으면 추가적으로 무언가를 하려는 욕구가 거세된다. 이러한 상황이 몇 년간 지속되다보면 타인의 기준에 맞춰 살아가는 나를 발견하게 된다. 결국 인생 전체로 봤을 때 후회가 남는다.

사회적으로 큰 성취를 이룬 사람들 중 자신이 예전에 가졌던 꿈에 대해 이야기하는 사람들을 종종 본다. '내 꿈은 ○○이었는데…', '나는 원래 ○○을 하고 싶었는데 집안·형편 때문에…', '이제는 너무 늦어서…' 등. 종류에 따라 지금이라도 할 수 있는 일이 있는 반면, 젊었을 때 시작해야 하는 일이 분명히 존재한다. '에너지'의 측면에서 봤을 때도 사람이 자신의 인생에서 투입 가능한 총량은 정해져 있다. 잘하는 일보다 좋아하는 일을 선택해야 하는 이유다.

그런데 자신이 좋아하는 일이 무엇인지 잘 모르겠다는 사람들도 있다. 나는 '진짜로' 모르는 사람은 없다고 생각한다. 자신이 좋아하는 일을 외부적으로 꺼내기 저어되는 것일 뿐 스스로는 이미 알고 있다. 자신이 원하는 것을 드러내놓고 말했을 때 부정적인 평가를 받는 것이 두렵기에 "없다"라고 말했을 수 있다. 자신이 좋아하는 일에 대해 누군가에게 인정받을 필요는 없다. 드러내놓고 말하지 않아도 좋다. 다만 스스로를 믿고 차근차근 준비해나가는 자세가 필요하다.

반면 잘하는 일은 '진짜로' 모를 수 있다. 왜냐하면 어떤 일을 해보기 전에는 자신이 그 일을 잘하는지 알 수 없기 때문이다. 머릿속으로 시뮬레이션을 돌려보는 것으로는 자신의 능력과 재능을 파악할 수 없다. 내가 잘하는지 못하는지는 그 일을 해봐야지만 알 수 있다. 예를 들어 '영업'은 죽어도 못하겠다고 생각했던 사람이 실제 업무를 해보면 자신이 생각보다 잘한다는 사실을 깨닫게 되는 경우가 흔하다. 반대로, 적성에 잘 맞을 것 같아 시작한 일이 생각했던 것과 완전히 다르다는 것을 깨닫기도 한다.

잘하는 일을 파악하기 위해서는 다양한 경험을 해보는 수밖에 없다. 나는 전공 세부과정인 뉴미디어를 공부하다가 컴퓨터 공학을 접목하고 싶다는 생각에 사용자 경험UX 디자인을 배운 적이 있다. 하지만 내가 가진 사고체계로는 좋은 인터페이스를 디자인하기 어렵다는 생각이 들었다. 노력해도 좀체 진도가 나가지 않았다. 나는 일상생활에서도 과도하게 많은 경우의 수를 고려하며 사는 사람인데, 막상 디자인을 해보니 직관적인 사고가 중요하다고 느낀 것이다.

나는 지금 '디자인을 잘하려면 직관적인 사고가 필요하다' 같은 말을 하고 싶은 게 아니다. 누군가는 디자인을 직관적 사고가 아닌, 논리적 사고가 필요한 작업이라고 느낀다. 또 다른 누군가는 디자인에 미적 감각이 중요하다고 생각할 수 있다. 핵심은 '○○ 성향의 사람에게 ○○ 직업이 잘 맞을 것이다' 같은 타인의 말은 큰 도움이 되지 않는다는 것이다. 개인의 성향에 따라 어떤 일을 받아들이는 것도 천차만별이기 때문이다. 또 다른 예로, 나는 지금 글 쓰는 일의 연장선상에서 영한 번역을 배우고 있는데 이것도 내 생각과는 많이 달랐다. 시작하기 전에는 당연히 영어 능력이 중요할 것이라 생각했다. 하지만 막상 번역을 접하고 보니 모국어 사용 능력이 더 중요했다. 최종적으로 번역되어 나오는 언어는 한국어이기 때문이다. 영어보다 모국어에 더 자신 있는 나는 지금 재미있게 번역을 배우고 있다. 이처럼 그 일을 실제로 해보기 전까지는 내가 잘하는지, 못하는지 알 수가 없다.

이것저것 해보는 사람에게 끈기가 없다고 비난하는 것은 그저 기성세대의 시각일 뿐이다. "그 일을 해봤는데, 영 아니다"라는 판단을 내렸다는 것은 자신이 이미 성장했다는 근거가 된다. 지금은 쓸모없어 보이는 작은 경험일지라도 나중에 어떤 식으로든 도움이 된다.

나는 좋아하는 일이 직업이 되면 싫어진다는 의견에도 반대한다. 모든 일은 힘들다. 그것이 설사 자신이 좋아하는 일이었을지라도 말이다. 좋아하는 일을 한다고 해서 매 순간이 행복할까? '덜' 힘들 뿐이다. 일은 고단함 99%와 즐거움 1%로 구성된다. 좋아하는 일에서는 그나마 1%라도 작은 기쁨을 느낄 수 있다. 반면 싫어하는 일에서는 일의 고통이 배가된다. 소설가

김훈이 《밥벌이의 지겨움》에서 썼듯이 제 손으로 제 밥을 벌어 본 사람은 안다. 일이라는 것 자체가 얼마나 힘든지 말이다. 다만 좋아하는 일을 할 때는 고단한 상황을 버틸 힘이 조금은 생긴다. 좋아하는 일이라는 것은 100% 재밌고 행복하기만 한 일이 아니다. '감내할 수 있는 일'에 가깝다.

좋아하는 일은 취미로 하라는 말에도 어폐가 있다. 취미로 해서 얻을 수 있는 기쁨과 프로페셔널의 세계에서 얻을 수 있는 기쁨은 다르다. 전업작가가 되기 위해 미대에 입학했던 사람이 회사를 다니면서 취미로 작업을 할 때 만족할 수 있을까? 그렇지 않다고 생각한다.

'좋아하는 일'을 선택했을 때 필요한 건 불안감을 다스리는 일이다. 밀레니얼 세대는 좋아하는 일을 잘하고 싶은 욕구가 큰 연령 집단이다. 학창 시절부터 꿈을 찾으라는 말을 익히 들어왔고, 그러면서도 경쟁 상황에 지속적으로 노출돼 있다. 매 순간 능력을 입증받아야 하는 분위기에서 자라왔기 때문에 성과가 빨리 나타나지 않으면 초조해하고 불안해한다. 좋아하는 일을 찾았더라도 이것을 자신이 잘해내고 있는지 끊임없이 고민하며, 업무상 능력을 인정받는다 하더라도 자신이 진짜로 좋아하는 일인지 다시 고민에 빠진다. 자기 자신을 믿고 나아가야 한다. 열매를 맺을 날은 반드시 온다.

✳ 아무것도 하기 싫을 때

지금 아무것도 하기 싫은 마음이 든다면 혹시 내가 '번아 웃' 상태는 아닌지 자문해볼 필요가 있다. 번아웃은 어떤 일에 몰두하던 사람이 극도의 피로감을 호소하며 무기력해지는 증상을 말한다. 기력이 없고 에너지가 고갈된 느낌이 드는 것이 첫 번째 신호다. 열정적으로 업무를 하다가도 갑자기 하는 일이 부질없게 느껴지는 등 모순적인 감정이 들기도 한다. 쉽게 짜증이 나고 갑자기 분노가 치밀기도 한다. 특별한 이유 없이 여기저기 아픈 것도 번아웃 증후군이다. 대한민국 직장인이라면 한 번쯤 느껴보았을 것이다.

번아웃 증후군은 업무 강도가 강하면서 그에 상응하는 대가를 지급받지 못한다고 느낄 때 찾아온다. 일이 많아도 주변으로부터 인정받고 성과도 지급된다면 번아웃되진 않을 것이다. 하지만 일은 일대로 하고, 욕은 욕대로 먹는다면 사람은 지칠 수밖에 없다.

인간관계 스트레스도 주요 원인이다. '직장 내 괴롭힘' 수준까지는 이르지 않더라도 상사를 비롯한 타인과의 갈등이 있을 때 에너지가 소진된다. 인간은 사회적 동물이기에 타인과의 갈등 상황에 노출되면 큰 스트레스를 받는다. 회사는 진짜 나의 모습을 드러내지 않고 모두가 사회적 가면을 쓰고 있는 공간이기 때문에 불필요한 감정 소모가 크다. 솔직히 드러내놓고 소통하지 못하는 분위기에서는 작은 오해가 큰 갈등으로 번지기도 한다. 직장 내에는 완전히 이해 불가능한 사람들도 존재한다. '다름'이 아닌 '틀림'에 가까운 사람들이 분명히 있다. 이 모든 상황이 직장인들을 번아웃 증후군으로 몰아넣는다.

최근에는 '공황장애'를 호소하는 직장인들도 많아졌다. 공황장애는 심한 불안과 이에 동반하는 신체 증상들이 급작스럽게 발생하는 불안장애 유형 중 하나다. 갑작스럽게 밀려드는 극심한 공포와 곧 죽지 않을까 하는 강렬한 불안이 반복적으로 나타난다.

요즘은 아이돌 가수를 비롯한 많은 스타들이 공황장애를 밝히며 활동을 중단하는 사례가 늘고 있다. 정신건강의학과 의

사 정혜신 박사의 말에 따르면, 공황장애를 연예인들의 문제만으로 치부하기엔 현대인들의 삶과 잇닿아 있는 부분이 많다고 한다. 연예인은 대중의 인기를 얻어야 생존할 수 있고, '나'의 욕구보다 '너'의 욕구에 맞추는 삶을 살아간다. 스타들이 '나'의 욕구를 드러내면 대중은 사실상 등을 돌린다. 박사는 이 지점에서 문제가 발생한다고 말한다. 공황장애는 내가 지워질 때 오는 병이다. 자기 자신이 지워진 사람은 공황장애를 겪다 자살이라는 극단적 선택을 하기도 한다. 그런데 스타들은 좀 더 극대화된 상황에 노출돼 있을 뿐이지 많은 직장인들도 비슷한 상황에 처해 있다는 것이다. 개인의 개성을 지우고 위계질서를 강조하는 조직문화에 노출돼 있기 때문이다. 주어진 역할에 순응하는 것이 최선이라고 믿는 많은 이들이 공황장애에 노출돼 있다고도 볼 수 있다. 당장은 괜찮을지 모르지만, 언제 터질지 모르는 위험 요소를 안고 있는 것이다.

나 또한 공공기관에 재직하면서 민원전화를 받는데 처음으로 공황을 느꼈다. 식은땀이 나면서 심장이 빨리 뛰고, 발 아래의 땅이 뒤집어지는 듯한 느낌을 받았다. 이러한 상황이 또 닥칠까봐 두려운 마음이 생긴 것도 나를 힘들게 했다. 그 이후로도 사무실에서 몇 번 공황이 왔었다. 물론 지금은 완치됐다.

번아웃 증후군에 빠지거나 공황장애를 겪었다면 심리상담을 받을 필요가 있다. 퇴사를 앞두고 불안한 상태가 지속되는 사람에게도 심리상담을 추천한다. 아직도 정신과를 특별한 곳으로 명명하며 방문하는 것을 말리는 사람이 있다면, 그 사람이 잘못된 것이다. 큰 신경 쓸 필요 없다.

《죽고 싶지만 떡볶이는 먹고 싶어》는 기분부전장애와 불안장애를 겪던 저자가 정신과 전문의와 대화한 내용을 엮은 책이다. 이 책이 사람들의 호응을 얻으며 베스트셀러가 된 이유는 많은 이들이 '죽고 싶지만 떡볶이는 먹고 싶은' 양면적인 기분을 느껴보았기 때문일 것이다. 이 책에서 알려주듯이 심리상담을 받는 것은 특별한 행위가 아니라 그저 자기 자신을 좀 더 잘 알아가는 행위일 뿐이다.

나는 우울장애, 불안장애, 공황장애 같은 질병은 자본주의 사회를 살아가는 현대인에게 흔히 찾아오는 불청객 같은 존재라고 생각한다. 현대인들은 대부분 도시에 거주하며, 타인과 많은 교류를 하지 않는다. 스마트폰을 터치하는 행위만으로 남들이 무엇을 하는지 쉽게 볼 수 있어서 일상적으로 경쟁에 시달린다. 몸과 마음은 연결되어 있는데, 주로 앉아서 생활하고 몸을 많이 움직이지 않는 것도 좋지 않은 영향을 미친다. 자본주의는 인간 소외라는 어두운 면도 가지고 있다. 우울과 불안은 환경적인 측면이 크기 때문에 이런 감정이 올라온다고 해서 자신을 탓할 필요가 전혀 없다.

주변 친구들에게 자신의 우울과 불안에 대한 이야기를 털어놓고 위안을 받을 수 있다면 더할 나위 없이 좋을 것이다. 그러나 그 친구가 전문가가 아닌 이상 치유자가 될 수 있다는 보장이 없다. 정혜신 박사는《당신이 옳다》라는 책에서 우리 모두가 치유자가 되어야 한다고 역설한 바 있다. 맞는 말이지만, 실제 현실 세계에서는 상대에게 우울과 불안을 털어놓았다가 더 큰 상처를 입는 경우가 흔하다. 인간은 대체로 타인의 고통에 무감각하기도 하지만, 아무리 가까운 사이여도 공감하는 훈련이 되어 있지 않으면 나에게 애먼 말을 할 수 있다. 전문가를 찾는 것이 해결의 지름길이다.

상담은 병원(정신의학과)과 심리상담센터에서 받을 수 있다. 병원은 진료와 상담 모두 진행하고, 센터는 상담만 한다. 개인적으로는 정신의학과에 방문하는 것이 좀 더 낫다고 생각한다. 병원에서는 전문의에게 진료를 받으며 약을 처방받을 수 있고, 의사의 진단에 따라 심리상담 여부를 결정한다. 병원에서의 심리상담은 의사가 직접 진행하기도 하고, 병원 내에 상주하는 임상심리사에게 받을 수도 있다. 심리상담센터의 경우 방문의 문턱이 낮은 것이 장점이지만 내 상태를 정확하게 진단하기에는 다소 부족함이 있다.

나는 퇴사를 앞두고 정신의학과의 임상심리사에게 심리상담을 받았다. 상담사가 해준 '나의 과제'와 '너의 과제'를 구분해보라는 조언이 크게 도움이 됐다. 이 '과제의 분리'는 아들러 심리학의 핵심 개념이기도 하다. 나는 내가 최선을 다한 일에서는 결과도 좋아야 한다는 강박을 가지고 있었다. 성과에 대한 불안이 컸던 탓이다. 하지만 나의 과제는 그 일에 최선을 다하는 것, 거기까지다. 성과 측정은 평가를 하는 사람의 과제다. 이 둘을 구분하고 나의 과제에 집중하는 연습을 했다. 평가가 좋을 수도, 나쁠 수도 있지만 그것은 '내가 할 수 없는 일'의 범주에 속한다. 스스로 최선을 다했다면 결과도 받아들여야 한다는 것을 배웠다. 누군가에게는 이 둘을 구분하는 것이 당연한 일이겠지만, 나는 무의식중에 내가 컨트롤할 수 없는 일까지 에너지를 쓰고 있었다.

상담에서 배운 것들을 인간관계에도 적용했다. 이전에는 누군가가 나를 싫어한다는 생각에 크게 마음이 쓰였던 것이 사실이다. 하지만 어떤 사람이 나를 좋아하고 싫어하는 것은 '나의 과제'가 아니라는 것을 알게 됐다. 그 사람의 생각이자 마음일 뿐이지 내가 어떻게 해볼 수 있는 문제가 아니라는 것이다. 내가 할 수 없는 일에 대한 집착을 버리자 이상하리만큼 쉽게 마음이 편해졌다.

상담을 받으면서 또 한 가지 깨달은 점은 부정적인 생각이나 감정도 존중해야 한다는 사실이었다. 나는 어느 순간부터 기쁨, 행복, 사랑과 같은 감정은 좋고, 슬픔, 우울, 분노 같은 감정은 나쁘다고만 생각했다. 그래서 기분이 조금만 가라앉아도 기분을 좋게 만들어야 한다는 강박이 있었다. 그러나 이 모든 감정은 나의 감정이고, 그 감정은 옳다는 것을 알게 됐다. 그 뒤로는 감정을 억지로 억누르려 하지 않고, 그 감정이 왜 생겼는지 찬찬히 생각하게 되었다. 내 감정을 살피다보니 그런 감정이 올라오는 이유를 알게 되었고, 원인을 찾으니 해결책도 쉽게 떠올랐다.

상담을 받다보면 단지 회사만이 우울의 원인이 아닐 수 있고, 더 근본적인 문제가 드러나기도 한다. 이럴 경우 급하게 무언가를 결정하려 하기보다는 의사의 지시사항을 이행하며 결정을 뒤로 미루는 것이 바람직하다고 본다. 감기몸살이 나서 몸에 힘이 하나도 없고 머리가 지끈지끈 아픈 사람은 활동을 멈추고 휴식을 취한다. 심리가 불안정할 때도 마찬가지여야 한다. 정신적으로 안정되면 어려운 결정이 수월해진다.

✳
그래도 회사 다니는 동안은
인정받고 싶어

매일 아침 눈을 뜨면 '아, 회사 가기 싫다'라는 생각이 들지만, 그래도 회사 다니는 동안은 인정받고 싶은 것 또한 사실이다. 아마 이 양면적인 감정은 회사원이라면 누구나 가지고 있지 않을까 싶다.

회사에서 인정받는 가시적인 방법에는 승진이 있다. 이론적으로는 높은 성과를 낸 사람이 먼저 승진을 해야겠지만, 현실은 꼭 그런 것만은 아니어서 회사생활의 고민이 깊어진다.

회사마다 상황이나 직급체계가 다르기 때문에 어떤 성향의 사람이 승진을 빨리 한다고 단정 지을 수는 없다. 하지만 승진하길 원한다면 공통적으로 짚고 넘어가야 할 부분은 있다. 조직이 생각하는 가치관과 내가 생각하는 가치관을 비교해봐야 한다는 것이다.

예를 들어 본인은 일 잘하는 사람이 먼저 승진해야 한다고 생각하는데, 회사에서는 '사바사바'를 잘하는 사람을 먼저 승진시키려 한다면 간극은 좁혀질 수 없다. '사바사바'가 나쁘다는 뜻이 아니다. 회사에서 어떤 사람이 동기들보다 먼저 승진하는지 분석하는 과정이 필요하다는 의미다.

사실 대부분의 회사에서는 일만 잘해서도 '사바사바'만 잘해서도 빠르게 승진하기는 어렵다. 승진에서 중요한 것은 '문제 해결 능력'이 아닐까 한다. 회사에서는 하루도 바람 잘 날 없이 매일 사건 사고가 이어진다. 루틴하게 돌아가는 업무 외에 다양한 '문제'들이 발생한다. 예를 들어, 중요한 행사를 하루 앞두고 행사장에 걸 현수막에 오타가 났다든지, SNS 광고를 올렸는데 비하 표현이 발견됐다든지 하는 것들이다. 이 문제를 빠르게 해결하는 것이 회사 안에서 자신의 입지를 굳히는 데 도움이 된다.

각자 자신이 다니는 회사 안에서 승진의 기준을 파악했다면 그에 맞춰 갈지, 나만의 길을 갈지 선택이 뒤따른다. 승진은 회사생활의 지속가능성을 높이는 중요한 기준으로 작용하는 것이 사실이다. 하지만 회사의 기준에 부합하기 어렵다면 결과에 승복하거나 이직하는 것도 나쁘지 않은 방법이라고 생각한다.

승진은 직장인 모두에게 중요하지만, 여성 직장인들의 경우 출산·육아 등의 사유로 차별을 경험하고 있는 것이 현실이다. 경영 컨설턴트인 마셜 골드 스미스는《내_일을 쓰는 여자》에서 여성이 여전히 남성과 동등하게 경쟁하지 못한다는 점을 지적한다. 승진 대상자를 뽑을 때 여성은 '과거 실적'으로 평가받는 반면, 남성은 '잠재력'으로 평가받는 경향이 있다는 것이다. 저자는 여성들이 자신이 조직 내에서 꼭 필요한 존재임을 알리는 일에 소극적임을 지적하면서 자신이 잠재적인 인적 자원이라는 사실을 보다 적극적으로 알려야 한다고 조언한다.

이것은 직장 내에서의 포지션 설정과도 연관된다. 대기업에 다니던 친구 한 명이 회사에서의 자신의 포지션을 정확하게 인지하고 있어 인상 깊었던 적이 있다. 자신은 언제나 프로젝트 수립 단계에만 참여하고, 실행 단계에서는 빠진 채 다른 직원이 들어간다는 것이었다. 스스로도 실행보다는 기획하는 역할이 더 좋아서 큰 불만은 없다고 했다.

이 친구 외에도 주변에서 회사생활을 잘하는 친구들을 보면 회사 내에서 본인이 가져갈 수 있는 포지션을 전략적으로 설정하고 있는 경우가 많았다. 자신의 포지션을 정하는 것은 내가 보이고 싶은 이미지를 회사 구성원들에게 성공적으로 인지시키는 것이다. 빠릿빠릿한 이미지로 보이고 싶은 사람, 둥글둥글한 이미지로 남고 싶은 사람, 중재와 조정의 역할을 수행하고 싶은 사람 등 각자 원하는 이미지는 다르다. 자신이 원하는 이미지와 사람들이 봐주는 이미지가 비슷해지도록 노력하는 것이 직장생활의 한 단면이라고 생각한다. 이렇게 자신의 포지션을 파악하고 있다면 불필요한 갈등을 피할 수 있고 역할 분담도 쉬워진다.

그런데 여성 직장인들은 가져갈 수 있는 포지션이 사실 그렇게 많지는 않다. 롤모델로 삼을 만한 여성 상사가 몇 없는 것도 혼란을 더한다. 단지 여성 임원의 수가 적은 문제를 떠나 포지션의 다양성이 없다는 게 문제다. 보고 배우고 싶어도 다소 극단적인 포지션만 남아 있다. 물론 내가 처음 직장생활을 시작한 10년 전과 현재는 상황이 많이 변한 것도 사실이다. 그러나 여전히 여성이 직장생활을 해나가는 데엔 어려움이 따른다. 나에게 회사생활은 '여성' '직장인'으로서 어떤 포지션을 찾아나갈지 고민해나가는 과정이었는데, 후배 여성 직장인들은 나보다 더 현명하게 그 길을 찾아갈 것으로 생각한다.

회사생활을 잘하는 것은 중요하다. 그러나 인생 전체의 관점에서 조망해본다면 잘하지 못해도 괜찮다. 지금 다니는 회사가 자신의 영혼을 갉아먹고 있다면 그만두고 다른 회사를 가도 좋다. 이러한 관점에서 회사생활의 가장 중요한 가치를 '건강'

에 두는 것도 한 방법이라고 생각한다. 내가 건강하기만 하면 뭐든 할 수 있다. 반대로 건강을 잃으면 회사생활뿐 아니라 인생의 거의 모든 것을 잃는다. 몸과 마음을 잘 챙기면서 회사생활을 지속하는 것이 중요하다.

퇴사 생각이 머릿속을 떠나지 않을 때

나는 27살, 그리고 34살에 각각 퇴사했다. 첫 번째 직장인 언론사를 그만둘 때는 이직할 곳이 정해진 것은 아니었고, 다시 신입사원으로 입사하려는 목표를 가지고 그만두었다. 공백 기간은 1년 5개월로 다소 길었다. 두 번째 직장인 공공기관을 그만둘 때는 프리랜서로 살기 위한 방향성을 가지고 퇴사했다.

어릴 때부터 내 오랜 꿈은 기자가 되는 것이었다. 기자가 되고 싶어서 언론정보학부에 입학했고, 대학 졸업 때까지 꿈이 바뀐 적이 한 번도 없었다. 그만큼 확고했다. 일찍 목표를 정했기 때문에 대학생활도 자연스레 기자 시험 준비에 초점을 맞춰서 보냈다. 경제지와 일간지 등에서 인턴기자를 했으며, 다양한 기자 아카데미를 수료했다.

대학생활 내내 나름대로 열심히 준비했기 때문에 일찍 기자 시험에 합격할 줄 알았다. 하지만 준비한 지 3년이 지나도 합격하지 못했다. 언론사 입사 시험은 내가 공부한 내용이 누적되지 않는다는 특징이 있다. 시험 내용이 시사 이슈와 관련되기 때문에 내가 쌓은 지식은 곧 휘발된다. 작년에 최종까지 갔다고 해도 올해 처음부터 다시 시작해야 하는 것이다. 다시 말해 언론고시는 장수생에게 유리한 시험이 아니다.

그래도 나는 포기하지 않고 계속 시험을 봤다. 시간이 오래 걸릴 뿐 기자가 되긴 된다고 생각했다. 단기적으로는 부정적인 생각을 많이 했지만, 장기적으로는 긍정적인 미래를 그린 것이 도움이 됐다. 언론사 시험에 최종 합격하지 못하는 사람들은 단지 그 시험을 끝까지 붙잡고 있지 않아서인 경우가 가장 많다. 뭐가 부족해서가 아니다. 언론사를 포기하고 사기업, 공기업으로 가서 언론사 시험에 최종 합격하지 못한 거다. 계속 붙잡고 있으면 언젠간 된다는 믿음을 가지는 것이 중요하다.

어렵게 기자가 되었지만 더 큰 언론사에서 일하고 싶은 욕망이 생겨 1년 정도 다닌 후 회사를 그만두었다. 내가 다닌 곳은 아주 작은 규모는 아니었지만 높은 성과를 내는 소수의 직원에게 의존하는 문화가 있었다. 나는 사람에게 의존하지 않고 프로세스대로 일 처리가 가능한, 좀 더 '시스템이 갖춰진' 곳에서 일하고 싶었다. 또한 나는, 내가 쓴 기사로 인해 세상이 긍정적인 방향으로 바뀌었으면 하는 마음이 컸다. 그러기 위해 좀 더 영향력 있는 매체에서 일하고 싶다는 열망이 있었다. 대부분의 기자가 비슷한 마음을 가지고 있을 것이라 생각한다.

그렇게 좀 더 큰 언론사에 입사하기 위해 공부를 다시 시작했고, 언론사 한 곳과 공공기관 한 곳에서 최종 합격 통보를 받았다. 다만, 언론사는 4주간의 인턴십을 거쳐야 한다는 조건이 붙었다. 인턴십 과정에서 떨어질 가능성은 희박하긴 했지만 '만의 하나'를 생각하지 않을 수 없었다. 가족과 친구들의 의견은 딱 반반이었다. 처음에는 공공기관에 입사할 생각이 전혀 없었는데 점차 언론사를 포기하는 쪽으로 생각이 기울었다. 결국 입사 후 언론사에 재도전하겠다는 마음을 안고 공공기관을 선택하게 되었다. 하지만 수습기간을 마치자마자 큰 부상으로 입원을 하게 돼 재도전을 하지 못했다. 지금도 종종 '이때 언론사를 선택했으면 어땠을까' 하는 상상을 하곤 한다.

나는 운 좋게도 어린 시절 꿈꾸던 직업을 잠시나마 가져볼 수 있었고, 이에 대해 늘 감사하게 생각한다. 그래서 꿈을 찾기 어렵다고 말하는 사람이 있다면 이들을 돕고 싶은 마음이 크고, 그 길을 응원해주고 싶다.

꿈에서 방향성은 중요하다. '나는 누구인가', '나는 무엇을 원하는가', '나는 무엇을 잘하는가' 이 세 가지 질문을 붙잡고 있다면 방향성은 흔들리지 않는다. 내가 지금 타고 있는 트랙 위를 계속 달릴 건지, 이탈해서 새로운 트랙을 탈 것인지 결정하는 것이 방향성이다. 나는 내가 가진 능력을 기반으로 새로운 분야의 배움을 더해 사람들을 돕고 사회에 기여하고자 하는 방향성을 가지고 회사를 그만두었다. 구체적인 계획이 없어도 미래의 내 모습을 그림으로 그려볼 수 있다면, 즉 방향성만 명확하다면 그 길로 향해도 괜찮다고 생각한다.

만약 당신이 꿈의 방향성을 찾았다면, 나는 그 꿈을 아무한테도 이야기하지 말라고 조언하고 싶다. 자신의 꿈이 입 밖으로 나오는 순간 그 꿈은 사람들의 평가를 받게 된다. 좋은 평가일 리 없고, 하지 말아야 할 이유가 뒤따른다. 준비 안 된 자신의 꿈을 세상 밖으로 내놓음으로써 얻는 것은 별로 없다. 부모님이나 친한 친구에게도 말할 필요 없다. 누군가 먼저 묻는대도 대답하지 않아도 좋다. 열심히 준비해서 달성한 것을 행동으로 보여주면 된다.

무엇을 원하는지 잘 모르겠다면, 자신의 결핍에 주목해보기를 추천한다. 나에게 결핍된 요소가 무엇인지 곰곰이 생각해보는 것이다. 가장 쉬운 방법은 내가 어떤 사람을 질투하는지 보면 된다. 이렇게 나 자신과의 대화를 통해 방향성을 찾고, 구체화시켜 나가다보면 길을 찾을 수 있다.

이때 중요한 것은, 주변 사람들이 아니라 '나 자신'과 대화해야 한다는 것이다. 자신과 대면하는 일은 고통스럽다. 근본적인 질문에 봉착하기 때문이다. 나는 1년 반 정도의 시간 동안 자아 탐색을 하며 그 과정을 모두 기록해두었는데, 그 기록을 다시 읽어보면 그 시절의 고통스러운 감정이 느껴진다. 자기 자신과의 대화는 힘들고 고통스럽지만 누가 대신해줄 수 있는 것이 아니다.

지금 이 순간에도 자신의 미래를 고민하는 직장인들이 많다. 퇴사를 할까, 말까? 나는 어느 쪽이든 상관없다고 생각한다. 당장 하고 싶은 일이 없어도 괜찮다. 회사를 계속 다니든, 회사를 떠나든 중요한 것은 자기 자신이다. 퇴사를 할지 말지 그 선택에만 집중하다보면 더 큰 것을 보지 못한다. 회사의 장단점, 퇴사의 장단점에만 주목하기 때문이다. '일이란 무엇인가?'를 나름대로 정의해보면서 일의 본질에 대해 고민하는 한편, 그 고민의 중앙에 '나'를 넣는 연습이 필요하다.

***

내가 공공기관을 그만둔 이유

취업 시장에서 공공기관은 선호하는 직장으로 꼽힌다. 정년이 만 60세까지 보장된다는 '안정성'이 가장 큰 이유일 것이다. 취업준비생일 때는 안정성이라는 가치가 굉장히 커 보이는 것이 사실이다. 하지만 모든 것에는 양면성이 있다. 나의 경우가 그랬다. 누군가에겐 가장 중요한 가치일 수도 있는 '안정성'이지만, 다른 단점들을 상쇄하지 못했기에 공공기관을 퇴사했다.

나는 공공기관에 6년 정도 재직했다. 일하면서 가장 답답했던 부분은 내가 열심히 한 만큼 보상이 주어지지 않는다는 것이었다.

회사원에게 보상이라 함은 세 가지 정도가 있을 수 있는데, 나는 그것이 '금전적 보상', '승진', 그리고 '인정'이라고 생각한다. 공공기관은 기본적으로 이윤을 추구하는 곳은 아니기 때문에 성과급이나 연봉 인상 등의 금전적 보상은 제외하기로 하자. 다음은 승진인데, 공공기관은 생각만큼 공정한 평가 시스템을 갖추지 못한 곳이 많다. 오히려 일적인 성과와 승진이 '상관관계 없음'을 넘어 '반비례' 관계일 때도 있다.

열심히 일해도 승진이 안 된다면 최소한 '인정'이라도 받는 환경이 조성되면 좋을 텐데, 현실은 녹록지 않다. 모든 공공기관이 그렇다는 것은 아니지만, 경험상 대부분의 공공기관은 그 특성상 잘하는 사람보다 못하는 사람에게 집중하기가 쉬운 경향이 있다. 잘하는 사람은 일이 많은 부서로 가서 계속 열심히 일을 하고, 못하는 사람은 비교적 일이 적은 부서에 가서 편하게 일을 한다. 문제가 발생하니 일을 맡기지 않는 것이다.

이해하기 쉽게 설명하자면 이렇다. 각 팀의 인원 구성 중 일을 하는 사람은 한 명, 많아야 두 명이다. 나머지는 사실상 일에 큰 관심이 없는 사람들이다. 팀장은 사고가 나는 것을 원하지 않기 때문에 일을 잘하는 사람에게 일을 몰아주고, 그 사람은 꾸역꾸역 일을 한다. 무리해서 일을 하다보면 실수를 하게 되고, 그러면 욕을 먹게 된다. 일을 안 하는 사람은 일을 안 하니까 실수도 안 한다. '칭찬'도 모자란데 '욕'이라니, 억울하다. 욕을 먹는 와중에 파티션 너머의 동료 모니터 화면에 작게 유튜브 영상이 띄워져 있는 것을 발견했을 때의 배신감이란….

실수 없이 일을 처리하더라도 칭찬을 듣는 일은 드물다. 팀장의 인성에 문제가 있어서가 아니라, 공공기관 자체가 '평등함'을 요구하는 환경이기에 아무리 일을 깔끔하게 처리한다 해도 특정인에게 지속적으로 감사를 표현하기가 어렵기 때문이다.

열심히 일할수록 손해를 보는 환경. 나는 이것이 안정성의 폐해라고 생각한다. 더욱이 공공기관에 입사할 정도면 꽤나 성실하게 살아왔다는 것인데, 이런 사람들이 '인정 욕구'를 거세하고 살아가긴 어렵다. 나는 열심히 즐겁게 일하고, 그만큼 인정받길 원하는 사람이었는데, 공공기관은 개개인에게 보상이 주어지기 어려운 곳이었다. 결국 인정과 보상이라는 가치를 중요시하는 사람에게는 공공기관이 잘 맞지 않을 수도 있다는 점을 깨닫게 되었다.

공공기관의 또 다른 특성 중 하나는 개개인에게 많은 자율성이 부여되지 않는다는 점이다. 내가 이렇게 느낀 이유는 첫 직장인 언론사와 비교해서일 수도 있다. 공공기관에 입사하고 나서야 자율성의 가치를 뼈저리게 느꼈다. 공공기관은 기관마다, 또 부서마다 분위기가 조금 다르긴 하지만 기존의 규칙과 틀 안에서 업무를 처리한다. 직원 개개인의 기획력과 자율성보다는 선례가 중요하다.

하지만 업무에서의 만족과 성장을 위해서는 '자율성'이라는 키워드가 빠질 수 없다. 회사의 규모나 직급에 관계없이, 스스로 기획하고 실행할 수 있는 부분이 존재하는지 여부가 직장 생활 만족도에 영향을 미친다.

내가 입사하자마자 바로 퇴사할 생각을 했던 것은 아니다. 입사하고 일에 어느 정도 적응한 후 공공기관의 특성을 알게 되자, 비교적 자율성이 부여되는 부서로 옮기고자 했다. 2년간 순환 근무가 원칙이기 때문에 당연히 옮길 수 있다고 생각했다. 그런데 아주 적극적이고 지속적으로 부서 이동을 어필했는데도 잘 안 됐다. 다른 부서로 옮기더라도 나에게 100% 자율성이 주어지지는 않는다는 것을 알고 있었다. 그럼에도 불구하고 약간이나마 기대감을 품고 있었는데, 몇 번이나 고배를 마신 뒤 이제는 정말 마지막이라고 생각하고 부서 희망원을 냈는데도 결국 희망이 받아들여지지 않자 나는 크게 실망했다. 인사 담당 부서에 영향을 미칠 수 있는 외부의 유력 인사를 동원하거나 기관장의 입김이 작용해야 한다는 사실을 알게 된 것은 나중이었다.

부서 이동에 대한 꿈이 꺾인 뒤, 나는 오히려 차분하고 냉정해져 스스로를 탐색하는 시간을 가졌다.

1. 나는 누가 시키는 일을 하는 것보다 내가 기획해서 결과물을 만들어내는 것을 좋아한다.
2. 워라밸을 중시하기보다는 열정적으로 일하고 싶다.

3. 좀 더 의미 있는 일을 하길 원한다.

4. 실패하든 성공하든, 새로운 것을 시도하고자 한다.

사람마다 다르겠지만, 나는 잘 짜여진 틀 안에서 수동적으로 일하기보다는 내가 주도적으로 무언가를 계획하고 실행하기를 원했다.

충분한 시간을 들여 그렇게 자신을 성찰한 후 마침내 6년간 다닌 이곳에서 더 이상 내가 주체적으로 할 수 있는 일은 없다는 결론을 내렸다. 한번 그런 마음을 먹으니 앞으로의 인생에서는 진짜 '내가 하고 싶은 일'을 하고 싶다는 생각이 점차 커졌다. 그리고 얼마 뒤, 나는 회사에 사직서를 제출했다.

✳

이처럼 나의 퇴사에 가장 큰 영향을 준 것은 '자율성이 보장되지 않는 환경'이었지만, 그 외에 업무적인 여러 문제도 있었다. 공공기관 종사자나 공무원은 자신의 주요 업무가 무엇인지에 관계없이 민원 응대와 행정 처리 업무를 기본으로 한다. 어느 부서를 가도 이 업무에서 자유로울 수 없다. 그런데 이 두 축이 업무의 너무 많은 부분을 차지해 '내가 지금 뭘 하고 있는 거지?' 하며 갑갑함을 느끼는 날이 많았다.

먼저 민원 응대에 대해 말해보자. 어렵사리 공무원 시험에 합격했는데 그만두었다는 사람들의 이야기를 들어보면 거의 첫 번째로 꼽는 것이 바로 민원이다. 국민의 입장에서 봤을 땐 행정기관의 민원 처리가 굉장히 답답한 측면이 많다. 그러나 내가 그 민원을 듣는 입장에 처하면 얘기가 달라진다.

민원이라는 것이 대부분 불만이나 요구사항이기 때문에 담당하는 사람은 끊임없이 타인의 요구나 불만을 들어야 하는 것이나 마찬가지다. 신입사원 때는 누적된 감정이 없었기 때문에 민원 전화를 받는 것이 아주 큰 부담은 아니었다. 그런데 연차와 경험이 쌓이고 민원 전화에 대한 피로도와 스트레스가 커지면서 처음으로 공황이라는 상태를 경험했다. 전화벨만 울려도 심장이 두근거렸고, 민원인이 '여보세요'라는 말만 해도 수화기를 잡은 손이 덜덜 떨렸다. 나중에는 민원 전화를 받은 이후에는 그날 업무에 집중하기 어려운 지경이 되었다.

그리고 민원 업무만큼이나 나를 힘들게 한 것이 있었는데, 바로 무한 반복되는 서무 업무였다. 수습 기간이나 1~2년 차에만 서무 업무를 한다면 괜찮았겠지만 과장, 차장이 될 때까지 계속되는 게 문제였다. 인력 구조가 역피라미드형이었기 때문이다. 입사해서 3개월의 수습 기간이 끝나면 주임을 달고 이후 대리, 과장, 차장, 팀장, 실국장이 되는데, 나는 과장이 될 때까지 거의 팀의 막내였다. 일반적인 일도 하위 직급으로 몰리는 구조인데, 하루 종일 서무 업무만 하는 날에는 기진맥진해져 아무것도 할 수가 없었다.

누군가는 공공기관은 '칼 퇴근'이 보장되니 업무 외 시간에 자기 계발이나 취미 활동을 할 수 있지 않느냐고 반문할지 모른다. 그런데 생산적인 일을 하면서 보람을 느끼는 나로서는, 도저히 몰입하기 힘든 단순 업무만 계속하는 날이면 1시간이 10시간처럼 느껴져 회사에서 보내는 시간이 너무나도 고통스러웠다. 그리고 하루의 가장 오랜 시간을 보내는 직장에서 스트레스를 받으면 다른 일에도 집중이 잘 안 됐다.

앞에서도 말했지만, 퇴사 전 나는 차분하게 자신을 탐색하는 시간을 가졌고, 그러는 동안 나의 미래에 대해서도 생각해보았다. 그때 큰 부분을 차지한 것이 '정년 이후 나의 삶은 어떠할 것인가?'였다. 공공기관에 다닌다고 하면 정년이 만 60세까지 보장돼서 좋겠다는 부러움의 시선을 받곤 했다. 정년이 보장되는 직장보다 보장되지 않는 직장이 훨씬 더 많기 때문이다. 사실 공공기관은 최소한 '잘릴' 걱정은 하지 않는다. 그러나 내 생각에 이것은 공공기관의 가장 큰 장점이자 가장 큰 리스크다.

내가 이렇게 생각하는 이유는 다음과 같다. 30~40대에 비자발적으로 퇴사를 하게 되면 물론 엄청 힘들 것이다. 하지만 경제 활동을 할 수 있는 나이로만 생각한다면, 다른 도전을 할 수 있는 에너지도 있고 시간도 있다. 그런데 이에 반해 특별한 기술 없이 60세에 퇴직을 하는 것은 비교적 리스크가 크다. 처음에는 나도 회사를 다니며 업무 외 시간에 자기 계발을 열심히 해서 퇴직 이후를 대비해야겠다는 생각을 했다. 이것이 가장 그럴듯한 대안으로 보였다. 그러나 곰곰이 따져보니 이 대안에는 문제점이 있었다.

먼저, 내가 생각하는 자기 계발은 영어와 컴퓨터를 배우고, 학위를 취득하는 행위와 같은 '인풋'이 아니라 퇴직 후 생산 수단을 확보하기 위한 '아웃풋'의 과정이었다. 즉 인풋과 아웃풋의 차이를 '돈이 되느냐'로 보았다. 예를 들어 학위를 취득하는 '인풋'만으로는 돈을 벌 수 있는 방법이 거의 없다. 영어 학원을 다니며 영어 실력을 키우는 '인풋' 역시 돈이 되지 않는다. 학위를 가지고 학교에서 강의를 하고, 대학원생을 대상으로 논문 작성 강좌를 개설해야 '아웃풋'을 내는 것이다. 또한 영어 과외를 하거나 통역 및 번역을 하며 돈을 벌 수 있어야 진정한 '아웃풋'이다.

나는 재직 중에 '인풋'만 하는 것이 아니라 '아웃풋'을 내고 싶었다. 그런데 공공기관은 겸직이 안 되다보니, 내 아웃풋이 사회에서 어떻게 받아들여지는지 실험할 기회가 없었다. 나는 재직 중 석사학위를 땄는데, 학위 취득이라는 인풋만으로는 퇴직 후 생산수단을 확보할 수 있다는 보장이 없었다.

실질적으로는 중간에 자기 계발을 멈추게 된다는 사실도 무시할 수 없었다. 아무리 '칼 퇴근'이 보장된다고 하더라도 퇴근 후 매일 무언가를 집중해서 한다는 것은 힘들다. 다들 처음에는 더 좋은 직장으로 이직도 하고 싶고, 자기 자신을 놓지 않으려고 이것저것 배우러 다니지만, 어느새 침대 위에 늘어져 있는 자신을 발견하게 된다. 결혼과 육아도 변수다. 보통은 결혼을 하고 육아를 해야 하는 시점이 오면 많이들 자기 계발을 멈추게 된다. 한 아이를 길러내는 것은 인생에서 중요한 일이라고 생각하지만, 자기 계발 측면에서만 보면 '중단'의 사유가 된다. 많은 선배들을 보면 그렇다.

하나 남은 대안이 있긴 하다. 바로 재테크를 통해 생산수단을 확보하는 일이다. 안정성이 높은 직장에서 월급을 받으며 낮은 금리로 대출을 받아 투자에 성공하는 것이다. 부모 세대가 쓰던 유용한 방법이다. 레버리지를 이용해 안정적으로 월세가 나오는 지역에 꾸준히 투자를 한다면 어느 정도까지는 노후 대비를 할 수 있을 것이다. 금융 소득은 겸직 논란에서도 자유롭다.

그러나 나는 이 대안을 선택하고 싶지는 않았다. 나에게 60세 이후의 삶은 '돈'이 아닌 '일'에 방점이 찍혀 있었기 때문이다. 예전에는 50~60대에 은퇴하여 10년 정도 노후를 보내다 생을 마감했다. 하지만 이제는 평균 수명이 늘어나 앞으로의 60~70대는 지금의 40~50대처럼 왕성하게 활동하는 나이가 될 것이다. 나이가 들어서는 젊은 시절에 자신이 축적해온 것들을 사회에 나눠줄 수 있어야 행복해진다고 생각한다. 100세 시대에는 평생 할 수 있는 일을 찾아야만 한다. 그랬기에 나는 단기적인 수입 감소를 감수하고서라도 새로운 일에 도전하는 것이 필요하다고 생각했고, 나의 선택을 믿고 실행하기로 했다.

2장

어떤 선택을 하든
인생에서 가장 중요한 건
언제나 나

#마음챙김

#인간관계

✳

인생에서의 선택은 51:49다

머리로는 아는데, 마음으론 이해 안 되는 것들이 있다. 달릴 때는 모르는데, 멈추면 비로소 보이는 것들이 있다. 몰랐던 건 아니지만 와 닿지 않았던 것들이 있다. 나 역시 회사를 그만 둘까 말까 고민하는 과정 속에 있을 때는 보이지 않던 것들이 퇴사 후 마음이 편해지자 보이기 시작했다.

먼저, 인생에서의 선택은 51:49라는 것을 깨달았다. 완벽한 선택을 하려고 아등바등했던 때가 있었다. 단점을 최소화하고 장점을 극대화하고 싶었다. 하지만 인생에서의 선택은 100:0이 될 수 없음을 깨닫게 됐다. 내가 어떤 선택을 할 때 얻는 것이 100, 잃는 것이 0일 수는 없다. 51:49 중 51을 선택하는 것에 가깝다. 인생은 지금보다 조금 나은 방향으로 향하는 과정이다.

퇴사를 선택하는 것도 마찬가지였다. 처음에는 회사만 그만두면 모든 것이 좋아질 것처럼 꿈에 부풀었다. 이때는 회사의 단점이 100으로 보였다. 그러다가 퇴사 직전, 급격하게 불안감이 밀려오면서 회사의 장점이 100으로 보이던 시기가 있었다. 100:0으로 생각하니 내가 가진 것들을 놓을 수가 없었다. 사탕이 가득한 유리병 속에 손을 넣어 사탕을 한 움큼 쥐었는데, 사탕을 꼭 쥐는 바람에 손이 잘록한 병 입구를 통과하지 못했던 것이다. 안정성, 사회적 지위 등 내가 지금 가진 것들을 모두 유지하면서 내가 좋아하는 일을 하며 살고 싶다는 생각이 들었다. 욕심이었다.

퇴사를 앞두고 '로스쿨' 같은 선택지를 기웃거리기도 했다. 남 보기에도 뭔가 그럴듯해 보이면서 변호사라는 전문직 정도면 스스로도 만족할 것이라 생각했다. 평소 법에 관심 있었던 것도 아니고, 변호사라는 직업에 대해서 잘 아는 것도 아니었다. 나만 로스쿨이라는 선택지를 만지작거린 것이 아니었다. 퇴사를 꿈꾸는 주변의 친구들도 법학적성시험LEET 일정을 꿰고 있었다.

사무직 직장인들은 '전문직이 되면 좀 낫지 않을까' 라는 막연한 상상을 한다. 하지만 '전문직' 카드는 스스로에 대한 탐색이 기반이 아닌, 그저 멋져 보이는 카드 중 하나일 가능성이 크다.

손에 쥐고 있던 사탕을 내려놓고 다시 생각해봤다. 회사의 장점과 단점, 퇴사의 장점과 단점을 비교해보고, 나 자신과 대화를 하면서 현재보다 '조금 나은' 선택을 했다. 안정성과 네임밸류를 포기하는 대신, 재능에 맞는 일과 나의 즐거움, 미래의 가치 등을 선택했다. 49를 버리고 51을 얻었다.

이직을 고민하는 사람도 마찬가지다. 지금 회사와 이직하는 회사를 비교하면서 완벽한 선택을 하려고 한다. 하지만 지금 다니는 회사도, 이직하는 회사도 모두 장단점이 있다. 기준은 외부 요인이 아닌 '나 자신'이 되어야 한다. 내가 가장 중요하게 생각하는 가치를 먼저 정할 필요가 있다. 연봉이 우선이라면 연봉이 높은 회사로, 사람이 우선이라면 좋은 사람이 있는 곳으로 가야 한다. 나머지 조건들은 과감히 버리는 용기가 필요하다.

완벽한 선택이란 없다. 모든 일에는 양면이 있기 때문이다. 장점이라고는 전혀 찾아볼 수 없을 듯한 일에서도 얻을 게 있다. 좋다고만 생각했던 일이 나중에 화살이 되어 나를 공격하기도 한다. 완전무결한 선택을 하려고 하기 때문에 자꾸만 선택이 어려워진다.

인생에는 상승과 하강이 있다는 점도 퇴사 후에 새삼스레 깨닫게 되었다. 인생이 고통스러운 이유는 나만 빼고 다 잘살고 있다는 착각 때문인 경우가 많다. 단언컨대 다른 사람들도

다 힘들다. 모든 인생에는 기복이 있다. 누구든 상승과 하강이 있다는 말이다. 상승세에 있는 사람을 보고 하락세에 있는 내가 실의에 빠질 필요가 없다. 다음에는 내가 상승세, 다른 사람이 하락세다. 돌아가는 테이블을 상상해보면 된다. 돌아오는 순서가 다를 뿐이지 언젠가는 기회가 온다. 그렇기에 일희일비할 필요가 없다. 20대 때에는 인생에 하강이 있다는 사실조차 모른채 앞만 보며 달렸다. 그래서 크고 작은 실패를 겪었을 때 크게 낙심했다. 다른 사람들과 비교도 많이 했다. 하지만 지금은 안 좋은 일이 있어도 낙심하지 않고, 또 좋은 일이 있어도 그저 감사해할 뿐 크게 흥분하지 않게 됐다.

SNS의 발달로 잘나가는 사람들의 모습을 감상하는 것이 너무 쉬워졌다. SNS 때문에 우울증이 오는 사람들이 있을 정도다. 막상 안 하자니 뒤처지는 기분이 들어 끊기도 어렵다. 하지만 잘 생각해보자. 사람들은 보통 남들에게 좋게 보이고 싶은 모습을 SNS에 올린다. 자랑하려는 의도에서든, 관심을 끌기 위해서든 무언가 좋게 포장된 모습을 주로 올린다. 얼굴을 보정해주는 애플리케이션을 사용하기도 하고, 배경이나 사물을 찍더라도 필터를 이용한다. 청소 안 한 자신의 방구석 사진을 인스타그램에 올리는 사람은 없다. 데이트, 맛집, 카페, 여행, 셀피 등이 인스타그램 단골 메뉴다. 만약 내가 300명의 SNS 친구가 있다고 치자. 300명의 친구가 1년에 해외여행을 한 번만 가도 나는 남들이 해외여행 간 사진을 300번 보게 된다. 1년 365일 해외여행 사진에 노출돼 있는 것이다. 하지만 잘 알다시피 매일 해외여행을 가는 사람은 없다. SNS에서의 포장된 이미지에 많이 노출될수록 이성적으로 판단하기가 어려워진다.

SNS를 돌아다니다 '영 앤드 리치'한 누군가의 사진을 보게 될 때면 많은 사람들이 상실감에 빠지곤 한다. "이번 생은 글렀다"는 말이 절로 나온다. 하지만 알지도 못하는 누군가 때문에 이번 생을 포기할 수는 없지 않은가. 나는 나의 길을 가야 한다. 다른 사람들이 잘나가는 모습을 보며 우울해할 필요가 전혀 없다. 겉으로 보기에 화려한 모습은 실제로 그 사람이 행복한지 알려주지 못할뿐더러 만약 실제 그 사람이 상승세를 타고 있다 할지라도 나와는 상관없다. 나에게는 나만의 시간표가 있다. 타인에게 관심이 많고 자존감이 다소 낮은 사람이라면 과감하게 SNS를 끊어보길 추천한다.

지금 하는 일이 잘 풀리지 않는다면 나 자신을 다지는 시간이라고 생각하자. 무언가에 능숙해지기 위해서는 절대적인 시간이 필요하다. 1만 시간의 법칙을 채우는 마음으로 하루하루 지내다보면 나도 모르는 사이에 바닥을 벗어나고 있을 것이다. 상황이 안 좋을 때는 어디가 바닥인지 잘 보이지 않는다. 최악이라고 생각했는데 더 최악인 상황이 눈앞에 펼쳐지기도 한다. 바닥 아래 지하실이 있는 경우도 허다하다. 지하실에서 벗어나려고 굳이 발버둥 칠 필요는 없다. 목숨을 부지하면서 나 자신을 위한 시간으로 하루하루 채워가는 것이 낫다. 그 시간이 바닥의 아랫부분에 콘크리트 같은 단단함을 만들어줄 것이다.

20대 때는 인생에 기복이 있다는 것을 인정하지 않으려 했다. 늘 좋기만 하고 싶었다. 슬럼프가 두려웠고, 실패가 무서웠다. 고통은 피하고만 싶었다. 일상에서의 기분도 그렇다. 인간이라면 처지는 기분을 자주 느끼는 게 정상이다. 예전에는 기분이 처지면 억지로 올리려고 했다. 우울한 건 나쁜 것이라 생각했다. 하지만 30대가 되고 나서 인생은 대체로 고통스럽다는 사실을 알게 됐다. 고통을 삶의 기본 조건으로 받아들이자, 삶의 태도가 긍정적으로 바뀌면서 즐겁고 행복한 일이 있을 때 감사할 수 있게 됐다.

퇴사 후 깨달은 또 하나의 사실은 선택에는 책임이 따른다는 것이었다. 한국은 개인의 선택이 닫혀 있는 사회에 가깝다. 개개인의 개성을 존중하기보다는 하나의 노선을 강요하는 분위기다. 고등학교를 졸업하면 대학교를 가고, 대학을 졸업하면 취업을 하고, 취업을 하면 결혼, 그다음에는 출산 등 정해진 인생 노선이 있다. 한 지점을 통과하면 다음 지점이 나타나는, 직선적이고 병렬적인 노선이다. 그런데 이 노선을 타는 것은 '나의 선택'이 아니다. 사회가 정해놓은 길일 뿐이다. 일반적으로는 나의 선택이 아닌 것을 알면서도 역할을 잘 수행하려고 노력한다. 평범함을 유독 강조하는 사회 분위기 때문이다. 이 노선 안에 있으면 안전하다. 선택에 대한 책임을 묻는 사람도 없다. 자신이 선택하지 않은 인생이기에 무언가 잘못됐을 경우 남 탓을 할 수 있다. 사회 탓, 나라 탓을 해도 된다.

문제는 이 노선 외에 다른 길을 택했을 때다. 그것은 오롯이 '나의 선택'이 된다. 오지랖이 넓은 한국 사람들은 누군가가 남들과 다른 선택을 했을 때 비난을 한다. "뭣 하러 그런 걸 하느냐", "그렇게 해서 잘될 리 없다", "내가 해봐서 아는데 안 된다"면서 돌을 던진다. 그렇기에 원하든 원치 않든 어떤 식으로든 나의 선택이 옳았음을 증명해야 하는 절차가 남는다. 주체적인 선택에 따른 반작용이다.

선택에 따른 책임은 오롯이 나에게 있다. 책임은 내 인생 전체를 걸어야 할 정도로 클 수 있다. 불이익과 갖은 수모를 감수해야 할지도 모른다. 하지만 주체적인 선택을 한 사람에게는 새로운 기회가 열린다. 선택에 따른 책임은 무겁지만, 씨를 뿌린 사람만이 열매를 맺을 수 있다.

✳

욕심을 가지면 불행해질까

욕심은 분수에 넘치게 무엇을 탐내거나 누리고자 하는 마음이다. 많은 사람들이 행복해지기 위해서는 욕심을 내려놓으라고 한다. 가질 수 없는 것은 처음부터 추구하지 않음으로써 마음의 평온을 얻는 방법이다. 하지만 나는 욕심을 버리는 것만이 답은 아니라고 생각한다. 욕심 자체를 내려놓기보다는 욕심인 것과 아닌 것을 구분하는 태도가 필요하다.

트릴레마Trillemma라는 경제 용어가 있다. 세 가지 딜레마라는 의미로, 자유로운 외환거래, 독립적인 통화정책, 환율의 안정 모두를 이루는 것은 불가능하다는 뜻이다. 하나를 이루려다 보면 다른 목표를 이룰 수 없게 된다. 현실에서도 마찬가지다.

착하고, 능력 있고, 잘생긴 데다 우리 부모님까지 잘 모실 수 있는 배우자를 바라다가는 평생 만나지 못할 수도 있다. 회사도 그렇다. 연봉은 높고, 복지 혜택이 좋으면서 성과를 내지 않아도 되는 회사가 있을 리 없다. 함께 가져갈 수 있는 가치들이 있는 반면, 상충하는 가치 또한 분명히 존재한다.

상충하는 가치를 동시에 추구하는 것이 욕심이다. 영원히 가질 수 없으므로 욕심이라고 말하는 것이다. 혹시 자신이 인생을 살아가면서 상충하는 가치를 추구하고 있지는 않은지 성찰해볼 필요가 있다. 가령 '도전'과 '안정성'이라는 가치는 서로 배반한다. 꿈을 좇으면서 자신이 원하는 일에 도전하고 싶은데, 동시에 안정적인 삶을 원한다면 모순이다. 사람의 성격적인 측면에서도 양립할 수 없는 가치들이 존재한다. 분석적이고 비판적인 동시에 둥글둥글한 성격이기 어렵고, 배려심이 많으면서 단호하기는 힘들다. '선함'과 '악함'처럼 완전히 반대되는 의미가 아니더라도 한 사람 안에 존재하기 어려운 성질의 것들이 있다. 자신이 세상에 존재하지 않는 것을 찾고 있지는 않은지 생각해볼 필요가 있다.

그 이후는 '선택'의 영역이다. 양립할 수 없는 것이 아니라면 충분히 욕망해도 좋지만, 우리는 보통 하나를 취하고 다른 하나를 버려야 하는 상황에 더 많이 노출돼 있다. 이때 선택의 기준은 '나 자신'이다. 사회의 기준이 아닌, 나의 기준에 따라 취해야 할 것과 버릴 수 있는 것을 정하면 된다.

예를 들어 똑똑한 상사와 인격적으로 훌륭한 상사 중 누구와 함께 일하고 싶은지 묻는다면 고민은 되겠지만 선택은 할 수 있다. 하지만 똑똑한 상사는 괴팍하고, 인격적으로 훌륭한 상사는 업무 처리 능력이 떨어진다고 가정한다면 선택이 어려워진다. 물론 우리에게 상사를 선택할 권한이 주어지는 경우는 드물지만, 자신이 어떤 상사와 더 잘 맞는지 시뮬레이션을 돌려보는 것만으로도 최악을 피할 수 있다. 배우자를 고르는 일도 그렇다. 자신에게 중요한 한두 가지의 가치를 중심으로 하여 선택해야 한다. 완벽한 사람은 존재하지 않는다. 어떤 가치도 포기할 수 없다면 선택하지 않는 것 또한 선택이다. 자신의 여러 욕망 중 취사선택을 하면 행복에 더 가까워진다.

그런데 좋은 선택을 하기 위해서는 기본적으로 '나'를 잘 알아야 한다. 자신이 절대 포기할 수 없는 가치가 무엇인지 아는 사람과 모르는 사람은 선택의 결과에서 큰 차이가 난다. 만약 선택의 과정이 힘겹다면 아직 자신을 파악하지 못했을 가능성이 크다. 내 안의 욕망이 무엇인지 잘 모르겠다면, 인생에서 절대 포기할 수 없는 하나의 가치나 없어도 살 수 있을 것 같은 가치들을 꼽아보는 것도 도움이 된다.

가령 자신이 돈에 우선순위를 둔다는 것을 파악한 사람은 일자리를 구할 때도, 배우자를 고를 때도 그 가치에 따라 움직인다. 마음속으로는 돈에 높은 가중치를 부여하고 있으면서 행동은 반대로 할 때 불행이 시작된다. 만약 두 마리 토끼를 잡았다고 할지라도 언젠가는 우선순위를 부여해야 하는 상황에 맞닥뜨릴 수밖에 없다. 평생 나 자신과의 대화를 통해 자신에게 맞는 선택을 해나가야 한다.

배반되는 가치를 동시에 추종하는 것 외에 욕심인 것이 또 있다. 바로 '내 일'이 아닌 '남의 일'에 집착하는 것이다. 스스로 부자가 되고 싶다고 생각하는 것은 욕심이 아니다. 어떤 가정환경에서 태어났든 누구나 부자를 꿈꿀 수 있고, 실제로 꿈을 이룰 수 있다. 하지만 '남편 될 사람이 부자였으면 좋겠다'거나다.'부모가 부자였으면 좋겠다'고 생각하는 것은 욕심이다. 이러한 욕심은 삶을 피폐하게 만든다. '나의 과제'가 아닌 '남의 과제'에 집중하는 일은 늘 화를 부른다. 타인은 내 뜻대로 움직이지도 않고, 그럴 필요도 없기 때문이다. 특히 자녀에게 무언가를 바라는 일은 명백한 욕심이다. '내 자식이 좋은 대학에 갔으면 좋겠다'거나 '내 아들이 좋은 배우자를 만났으면 좋겠다' 같은 것들은 자녀의 인생에 침범한 것이며, '선'을 넘은 행위다. 남의 인생에 간섭하지 않는 것만으로도 대부분은 행복해진다.

단순히 무언가를 많이 가지고 싶다고 해서 욕심 많은 사람으로 치부해서는 안 된다. 스스로도 그렇게 정의 내릴 필요 없다. 자신이 목표하는 것이 스스로 이뤄낼 수 있는 것인지 생각해보고, 가능하다는 판단이 들었다면 목표를 향해 전진하면 된다. 물론 여러 가치를 동시에 추구하고, 모두 가지는 일도 가능하다. 하지만 한 가지 가치를 추구할 때 목표 달성이 빨라지는 것이 세상의 이치다. 가령 돈과 명예를 둘 다 가지고 싶어 갈팡질팡하는 것보다는 돈 혹은 명예 중 하나를 선택하여 달려가는 것이 낫다. 노력이 전제된다면 둘 중 하나는 누구나 가질 수 있다. 오히려 두 마리 토끼를 잡으려다 모두 놓치게 되는 것을 경계해야 한다.

✳
행복해지기 위해 가져야 할 태도

나는 행복을 스스로 '선택'할 수 있다고 믿는다. 행복을 선택한 사람은 행복하고, 불행을 선택한 사람은 불행하다. 세상에 불행을 선택할 사람이 어디에 있겠느냐고 반문할지도 모르겠다. 하지만 불행하다고 느끼는 사람은 그 불행을 스스로 끌어들였기 때문에 불행한 것이다. 현대 사회에서 개별적인 인간은 모두 스스로 판단하여 생각할 수 있다. 자유의지를 갖추고 있기 때문에 본인이 행복해질 것인지, 불행해질 것인지는 자신의 의지에 달렸다.

'객관적으로' 나쁜 상황이 있지 않으냐고 반문할 것이다. 하지만 인생에 있어 '객관적으로' 판단할 수 있는 것은 없다. 모든 사안은 중립적이며, 사람들은 해당 사안을 '주관적으로' 해석한다. 예를 들어 '이혼'이라는 사건이 발생했다고 치자. 이혼이라는 단어를 떠올리면 어떤 생각이 드는가. 모두가 다를 것이다. 왜냐하면 이혼이라는 사건 자체에는 아무런 의미가 부여되어 있지 않기 때문이다. 결혼에 실패했다는 판단과 불행할 것이라는 추측은 자신의 머릿속에 떠오른 부정적인 생각일 뿐이다. 누군가에게는 이혼이 해방이나 새로운 출발 같은 긍정적 느낌으로 다가온다.

회사생활에도 똑같이 적용해볼 수 있다. 어느 날 자신이 상사의 지시로 새로운 프로젝트를 맡게 되었다고 가정해보자. 누군가는 자신의 능력을 발휘할 절호의 기회로 생각할 것이고, 다른 누군가는 이미 일이 너무 많은데 더해졌다며 불만을 가질 것이다. '일이 주어졌다'는 상황을 어떻게 해석하는지는 사람마다 다르다. 행복은 중립적인 사건을 어떻게 해석하느냐에 달려 있다. 인생에서 마주치는 여러 가지 사건들을 어떻게 해석하는지가 내가 인생을 바라보는 태도가 된다. 그리고 그 태도가 모여 나의 행복도가 결정된다.

긍정적인 사람은 행복하고, 부정적인 사람은 불행하다. 이것은 행복이 외적인 환경에 달려 있지 않다는 말과 같다. 실제로 행복은 돈이나 성공 등 외부적인 조건에 달려 있지 않다. 행복은 외적 변수가 아닌, 내적 변수에 의해 결정되기 때문이다.

그래도 돈이 많으면 행복하지 않으냐고 주장할 수 있다. 하지만 돈과 행복은 상관성이 거의 없다는 것이 증명된 사실이다. GDP 1위 국가의 국민 행복도가 제일 높지 않다. 똑같이 넉넉하지 않은 집안에서 태어났어도 누구는 '헬 조선'이라며 사회를 탓하고, 누구는 자신의 결핍을 채우기 위해 고군분투하여 사업을 일군다. 성공도 마찬가지다. 사회적으로 성공하면 행복하고, 그렇지 못하면 불행한 것이 아니다. 긍정적인 삶의 태도를 가진 사람은 어떤 일을 하더라도 상관없이 행복하다. 반대로 부정적인 삶의 태도를 가지고 있다면 성공해도 불행하다.

긍정적인 태도가 중요한 이유는 긍정성이 좋은 사람들을 끌어들이기 때문이다. 누가 부정적인 사람과 친해지고 싶겠는가. 부정적인 사람의 곁에는 좋은 사람들이 남지 않는다. 부정적인 기운을 가지고 있으면 자신과 비슷한 기운의 사람에게 끌린다. 자석처럼 점점 더 부정적인 사람들만 끌어들이게 된다. 긍정성과 부정성에는 모두 '복리의 마술'이 적용된다. 복리는 원금에 그 원금을 운용하여 생기는 이자를 더하여 재투자하면 돈이 크게 불어나는 것을 뜻한다. 태도도 이와 같다. 우리는 사람들이 끼리끼리 만난다는 사실을 이미 알고 있다. 긍정적인 사람에게는 긍정적인 사람이, 부정적인 사람에게는 부정적인 사람이 붙는다. 초반에는 별 차이가 없어 보이지만 이것이 지속됐을 때는 복리 투자처럼 큰 차이를 낳게 된다. 40세가 넘으면 자신의 얼굴에 책임을 져야 한다고들 말한다. 나이가 마흔 정도 되면 어떤 태도를 가지고 살아왔는지 얼굴에 다 드러난다.

인생을 행복하게 살고 싶으면 부정적인 태도를 버려야 한다. 모든 변화의 시작은 인지하는 것에서부터 이루어진다. 만약 현재 자신이 부정적인 태도를 가지고 있다면 고치려는 노력에 앞서 이 같은 사실을 인지하는 것이 먼저다. 스스로 잘못된 점을 깨달았다면 절반 이상 성공한 셈이다. 인지와 동시에 자신의 태도를 수정하려고 할 것이기 때문이다.

말버릇을 고치는 것도 부정적인 태도를 버리는 데 도움이 된다. 모든 사안에 대해 장점을 찾아내 입 밖으로 말해보는 것이다. 처음에는 어려울 수 있다. 그럴 때는 "그래도" 화법이 유용하다. 부정적인 생각을 말로 내뱉었다면, 그 뒤에 "그래도"라고 시작하는 한 문장을 덧붙이는 것이다. 안 좋은 상황이 있더라도 그 안에서 장점을 찾아내려 애쓴다면 인생의 많은 부분이 변화할 것이다.

그렇게 하기 위해서는 감사하는 마음이 필요하다. 사실 부정적인 생각을 비우려 노력하는 것보다 작은 일에서 감사함을 찾는 것이 더 쉽다. 일상에서 자주 감사한 마음을 느낀다면 이미 당신의 에너지는 긍정적으로 바뀐 상태일 것이다.

또 다른 행복의 조건으로는 '독립성'을 꼽을 수 있다. 독립성은 남에게 의지하거나 속박되지 않고 홀로 서는 것을 말한다. 독립적이어야 행복하다는 주장은 생소할 수도 있다. 하지만 어떤 상황에서든 자발적으로 행동할 수 있는 사람은 안정감이 있기에 행복도 또한 높아진다. 예를 들어 경제적으로 독립할 수 있는 사람은 그렇지 않은 사람에 비해 행복하다. 액수의 많고 적음을 떠나 다른 사람에게 의존하지 않고 스스로 생활을 꾸려나갈 수 있다는 것 자체가 안정감을 준다.

심리적으로도 타인에게 의존하지 않는 상태가 훨씬 건강하다. 우리는 타인과 더불어 살아가야 할 필요가 있는 것이지, 타인에게 의존하며 지내서는 안 된다. 인간은 자신의 자유의지로 스스로 결정하고 행동할 때 행복해진다. 이 말은 나의 행복이 타인에게 달려 있지 않음을 의미한다.

여전히 많은 사람이 타인에게서 행복을 찾으려 한다. 사람들은 좋은 배우자를 만나면 행복해질 것으로 믿고 결혼한다. 하지만 결혼 전에 불행했던 사람이 결혼 후에 행복해지는 것이 아니다. 스스로 행복할 수 있는 사람만이 다른 사람과 함께했을 때 더 행복해질 수 있다. 좋은 친구가 없어서 불행하다는 말도 거짓이다. 자신이 스스로 행복한 사람이라면 좋은 친구는 저절로 생긴다. 좋은 사람을 만나는 가장 빠른 방법은 자신이 좋은 사람이 되는 것이다.

다른 사람으로 인해 행복해질 수 없다는 사실을 인정해야 한다. 자신이 불행한 원인을 남의 탓으로 돌리는 경우가 흔하다. 좋은 부모를 만났더라면, 더 나은 배우자를 만났더라면 자신이 행복했을 것으로 착각한다. 남 탓하는 습관은 부정적인 태도 가운데 하나다. 불만족스러운 상황이 있다면 인간은 누구나 자유의지로 그 안에서 빠져나올 수 있으며, 제삼자에게 도움을 요청할 수도 있다. 인간은 스스로 행복해야 타인을 통해서도 행복해질 수 있다. 현재 자신이 불행하다면 누군가를 새롭게 만난다고 한들 계속 불행할 수밖에 없다.

물론 적절한 인간관계에서 오는 행복 또한 포기할 수는 없다. 그런데 타인과의 관계에서 행복을 느끼기 위해서는 '선'을 지켜야 한다. 이것은 부모와 자식, 배우자나 연인, 친구와 동료 등 모든 관계에 적용된다. 누구나 본연의 나로 존재할 권리가 있다. 나는 나고, 너는 너라는 사실을 깨닫는 것이 중요하다. 선을 넘는 행위를 사랑이라는 말로 포장하는 부류가 있다. 타인에게 어떻게 생각하고, 어떻게 행동하라고 말하는 것은 선을 넘는 행위다. 연인관계에서 집착하는 사람이 이에 해당한다. 집착을 당하는 사람도 불행하겠지만, 집착을 하는 사람이 더 불행하다. 시선이 타인에게 가 있어서 자기 자신을 제대로 돌보지 못하기 때문이다.

자신은 '선'을 잘 지키는데, 누군가가 자신의 영역을 침범해 들어오는 경우가 있을 것이다. 이럴 때는 단호하게 표현해야 한다. 이 부분은 여성들이 주목했으면 한다. 나는 여성들에게 부족한 태도가 '단호함'이라고 생각한다. 성별을 일반화할 수는 없지만, 대체로 자신의 의견을 큰 소리로 말하는 것은 남성이다. 여성들은 자신이 조금 피해를 보더라도 상대를 배려하려는 욕구가 강하다. 그러다보니 누군가가 선을 넘더라도 조용히 넘어가는 경우가 잦다. 나의 행동을 제약하려는 모든 시도에 대해 거부 의사를 밝힐 필요가 있다. 한번 경계가 붕괴되면 걷잡을 수 없으므로 처음부터 강하게 자신의 의견을 표출해야 한다. 타인의 선을 넘지 않는 것도 필요하지만, 누군가가 선을 넘어 나의 영역을 침범했을 때 의사 표현을 하는 것 또한 중요하다. 보통은 거부 의사를 밝히는 것만으로 문제가 해결된다.

타인이 나의 마음을 읽고 알아서 해결해주었으면 하는 바람은 갖지 않았으면 한다. 자신의 행복을 지킬 수 있는 사람은 자신뿐이다. 자기 자신을 사랑하는 사람만이 행복해질 수 있다.

절대 가까이하면 안 되는 인간 유형

웹 서핑을 하다보면 〈이런 유형의 사람은 믿고 걸러라〉, 〈이런 친구는 가까이하지 마라〉와 같은 콘텐츠가 눈에 띈다. 그런데 이런 글을 다 읽고 나면 왠지 모를 찜찜함이 남는다. '이렇게 다 걸러버리면 대체 누구를 만나라는 거야?'라는 의문이 들고, 혹시 내가 피해야 되는 유형의 사람이 아닐지 걱정도 된다.

일반적으로 좋은 사람과 나쁜 사람을 구분할 수 있는 것은 어느 정도 사실이다. 거짓말을 많이 하는 사람보다는 정직한 사람이, 남의 험담을 즐기는 사람보다는 그렇지 않은 사람이, 이기적인 사람보다는 이타적인 사람이 '객관적으로' 낫다. 그런데 개인 간의 관계로 설정해보면 꼭 그런 것만은 아니다.

나는 절대 가까이하면 안 되는 인간 유형은 '없다'고 생각한다. 나와 맞는 사람, 나와 맞지 않은 사람이 있을 뿐이다. 10~20대 때 왜 그렇게 인간관계가 힘들었을까 생각해보면, 나조차도 내가 어떤 사람인지 잘 몰랐기 때문에 나와 맞는 사람을 알 수 없던 탓이다. 나이를 먹어감에 따라 나 자신에 대한 이해도가 점차 높아지면서 나와 잘 맞는 사람들이 어떤 유형인지도 알게 되었다. 물론 그 과정에서 인간관계를 정리해야 하는 아픔도 있었지만, 결과적으로는 나에게 좋은 사람들이 남았다.

어떤 사람을 사귀고 어떤 사람을 멀리해야 하는지는 개개인마다 다르다. 내가 어떤 사람인지에 따라 내가 사귀는 사람이 누구인지 결정될 것이다. 현재 내가 가장 자주 만나는 친구 세 명을 합친 모습이 나 자신이라는 말도 있지 않은가. 사람은 무의식중에 나와 비슷한 사람을 내 인생으로 끌어들인다. 그 사람에 대해 알고 싶으면 친구를 보라는 옛말이 괜히 나온 게 아니다.

인간관계를 고민하기 전에 나 자신을 파악하는 것이 먼저다. 나는 어떤 사람이고, 또 내가 좋아하는 사람은 어떤 사람인지 생각해보는 것이다. 반대로 나와 맞지 않는 사람은 어떤 성향을 가졌는지도 생각해볼 필요가 있다. 지금까지의 인간관계를 떠올려봤을 때 유독 불편했던 사람이 있을 것이다. 그 사람의 어떤 지점이 불편하고 싫었는지 생각해보는 것이 앞으로의 인간관계를 맺는 데 도움이 된다.

예를 들어 나는 개인주의적인 성향의 사람들과 비교적 잘 지내는 편이다. 여기서 개인주의라는 말은 타인을 염두에 두기보다는 자기 위주의 사고를 하는 사람으로 정의 내릴 수 있다. 삶의 중심에 '나'를 두는 사람은 타인의 시선에서 자유롭고 주변에 무관심한 경우가 많다. 누구에게는 이런 종류의 사람이 이기적으로 느껴져서 불편할 수 있겠지만, 나에게는 오히려 남에게 피해를 끼치지 않는 부류로 느껴진다.

그런데 성향과 취향을 고려하기 전에 반드시 확인해야 할 사항이 있다. 바로 '상식'이라는 잣대다. 상식은 '법'과 '도덕'으로 해석할 수 있지만, 도덕의 영역이 어디까지인지는 사람마다 조금씩 생각이 다르므로 우선 '법'으로만 한정했다. 인간관계에 있어 최소한의 상식은 '범법자'를 거르는 것이다. 생각보다 많은 사람들이 성향과 취향이 맞는다는 이유로 이를 방관하면서 사람을 고쳐 쓰려 하는데, 안 될 말이다. 범법자는 거른다는 상식만 지켜도 인간관계에서의 큰 상처는 피할 수 있다. 상식을 벗어나는 사람은 논외로 하여 나와 잘 맞는 사람 위주로 인간관계를 맺는 것이 좋다.

누구를 사귈지 선택하는 것보다 더 중요한 것은 관계를 지속해나가는 힘이다. 어른의 인간관계는 아이들의 그것과 다르다. 어른의 인간관계에서 중요한 것은 노력이다. 상호 간의 노력이 없다면 인간관계를 지속할 수 없다. 내가 어떤 사람과 좋은 관계를 맺고 싶다면 상대방에게 공을 들여야 한다. 상대가 무엇을 좋아하고 싫어하는지, 취향은 무엇인지, 어떤 생각을 가지고 있는지 잘 들어주는 것이 필요하다.

무리할 필요는 없다. 기꺼이 할 수 있는 정도로 하면 된다. 마음에서 우러나와 누군가를 챙기는 것과 억지로 하는 것은 완전히 다르다. 내가 다가가는 만큼 상대도 조금씩 마음을 열 것이다. 만약 상대방이 나의 노력을 당연하게 여기고 고마워하지 않는다면 그 관계는 종료하는 것이 맞다. 그동안 잘해준 것이 아깝다는 '본전' 생각이 든다면 이미 잘못된 관계다. 그래서 무리하지 않고 내가 원하는 만큼만 상대에게 베풀라는 것이다.

힘들 때 함께 울어줄 수 있는 친구와 기쁠 때 함께 축하해줄 수 있는 친구 중 어느 쪽이 진정한 친구일까. 나는 후자라고 생각한다. 슬픔을 나누는 것보다 기쁨을 함께하는 것이 더 어렵기 때문이다. 내게 좋은 일이 생겼을 때 친하다고 생각했던 사람이 생각보다 시큰둥하게 반응해서 기분 상해본 경험이 누구에게나 있을 것이다. 타인의 성취를 인정하고 축하해주는 일이 그만큼 어렵다. 친구가 간절히 원하던 꿈을 이루었다고 나에게 말했을 때 내 기분이 어떨지 상상해보라. 그 지점에서 진짜 우정과 가짜 우정이 갈린다.

어른들은 어릴 때 친구가 평생 가기 때문에 친구를 잘 사귀라는 조언을 많이 한다. 하지만 내 생각은 다르다. 10대 때 친구가 꼭 평생 친구가 되리라는 보장이 없다. 학창 시절에는 내가 친구를 선택할 수 있는 폭이 매우 좁다. 내가 다니는 학교와 학원에서 친구를 사귀게 된다. 10대는 또래 압력Peer Pressure이 강한 시기이기도 하다. 친구가 조금 미워도 대충 맞춰줄 수밖에 없다. 집단 괴롭힘에 대한 두려움이 너무 크기 때문이다. 하지만 대학에 가거나 사회생활을 하면 친구를 맺을 수 있는 범위는 무제한으로 확장된다. 대학만 해도 전국에서 학생들이 몰린다. 외국인과도 친구를 맺을 수 있다. 20세 이후 친구관계는 오롯이 나의 선택에 달려 있다.

오래 알고 지냈다고 해서 꼭 그 친구와 관계를 지속할 필요도 없다. 어떤 인간관계든 유효기간이 존재한다. 예전에는 매일 붙어 다녔지만, 지금은 연락하기 껄끄러운 친구가 있을 것이다. 사람은 고정되지 않고 변화하는 존재이기 때문에 친구도 변하는 것이 맞다. 오랫동안 우정을 지속해왔다는 사실이 앞으로의 관계를 담보하지 않는다. 친구와 좋은 관계를 맺어야 한다는 압박감은 잠시 내려놓아도 좋다. 나의 행복이 먼저다.

모든 사람과 잘 지내야 한다는 마음도 많은 사람이 가지고 있는 강박 중 하나다. 인간관계에는 가족, 친한 친구, 지인, 직장 동료 등 여러 층위가 있다. 가족이나 친한 친구는 강한 유대감을 가진 관계에 속할 것이고, 지인이나 직장동료, 또는 일하다 만난 사람들은 약한 유대감을 가진 관계에 속할 것이다. 모든 사람을 강한 유대감의 부류에 넣고자 하는 사람들이 종종 보인다. 하지만 일하다가 만난 모든 사람과 친구가 돼야 한다면 얼마나 피곤할까?

무언가 비밀스럽고 사적인 이야기를 나누어야만 친해진다고 생각하는 사람들이 있다. 하지만 적당한 선을 유지하면서 예의를 갖출 때 더 친해지는 관계도 있다. 회사 동료와의 관계가 그렇다. 잘 지내면 좋겠지만, 무리할 필요는 없다. 특히 회사라는 공간은 이해관계가 얽혀 있는 곳이다. 사람들은 미국 대통령이나 재벌 회장을 질투하지는 않는다. 질투를 한다면 자기와 비슷한 수준의 옆자리 동료가 그 대상이 될 것이다. 이해관계가 대립하는 곳에서의 인간관계는 주의할 필요가 있다.

조금 무리해서라도 인간관계를 맺으려는 이유는 이 인맥이 언젠간 나에게 도움이 되리라 생각해서인 경우가 많다. 한국 사회뿐만 아니라 대부분의 사회에서 인맥이 중요한 것은 맞다. 그러나 일상적인 인간관계와 인맥은 조금 다르다. 인맥에서 가장 중요한 것은 '호혜성'이다. 기브 앤드 테이크Give and Take가 있어야 한다는 말이다. 일상적인 인간관계에서도 호혜성이 중요하기는 하지만, 인맥을 이용하는 관계는 특히 더 그렇다. 많은 사람들은 내가 상대에게 받을 것을 먼저 고려하는데, 인맥은 내가 상대에게 줄 무언가가 있어야 성립한다. 그렇기에 일반적인 인간관계와는 조금 다르게 접근해야 한다.

나에게 도움을 줄 인맥은 가까이에서는 얻어지지 않는다는 특성도 있다. 실제로 인맥을 활용할 일은 느슨한 연결Weak tie에서 주로 일어난다. 가족과 친한 친구가 강한 연결Strong tie이라면, 여행을 하다 잠깐 마주친 사람이나 건너건너 알게 된 사람은 느슨한 연결에 속한다. 나와 강한 연결 관계인 사람들은 나를 도와주고 싶지 않아서가 아니라, 나와 비슷한 환경에 있거나 비슷한 생각을 하고 있어서 크게 도움이 되지 않는 경우가 많다. 반면 느슨한 연결 관계의 사람은 나와 다른 시각으로 세상을 바라보기 때문에 기회를 포착하고 나를 또 다른 타인과 연결해줄 가능성이 크다. 사회적으로나 커리어적으로 도움을 받을 목적이라면 친한 친구를 여러 명 만들려고 애쓰는 것보다는 느슨한 연결을 유지하면서 인간관계를 맺어나가는 것이 도움이 된다.

✳

인간관계에서
상처받을 수밖에 없는 이유

인간관계에서 상처받았다는 사람들을 보면 대체로 더 상식적이고 더 타인을 배려한다. 굳이 가해자와 피해자를 나눈다면 피해 입는 쪽이다. 타인에게 피해를 입힌 사람들은 병원을 찾지 않고, 그들에게 당한 사람들만 전전긍긍한다.

하지만 가해를 한 사람은 악하고, 피해를 입은 쪽은 선할까? 그렇지는 않다고 생각한다. 성선설과 성악설 중 어느 입장을 취하느냐에 따라 세상이 다르게 보인다고 하는데, 나는 선도 없고 악도 없다고 생각한다. 인간은 그저 자신의 이익에 따라서만 움직일 뿐이다. 아들러 심리학을 쉽게 풀어쓴《미움받을 용기》에는 선과 악의 개념에 대한 이야기가 나온다. 그리스어로 '선'을 뜻하는 '아가톤agathon'에는 도덕적 의미 외에도 '득이 된다'는 의미가 있고, '악'을 뜻하는 '카콘kakon'에는 '득이 되지 않는다'라는 의미가 있다고 한다. 즉, 인간은 내게 좋은 목적을 이루기 위한 행위를 선으로, 그 반대의 행위는 악으로 간주한다. 범죄를 저지른 사람도 자신에게는 어떤 이득이 있기 때문에 그런 행위를 한다. 단순히 선과 악을 이분법적으로 개념화할 수는 없는 것이다.

인간관계에서 상처받는 이유 중 큰 부분을 차지하는 것이 '착한 사람 콤플렉스' 때문이다. 타인에게 좋은 모습으로 보이고 싶은 것은 인지상정이다. 하지만 그 내면으로 들어가보면 사람들은 착한 사람으로 보이는 것에 어떤 이득이 있기 때문에 착하게 행동한다. 본성이 착한 것이라고 항변하고 싶겠지만 그렇다면 상처받는 일도 없어야 할 것이다. 현실은 다르다. 자신이 타인을 배려한 만큼 자신은 배려받지 못하기 때문에 상처받는다. '착한 사람 콤플렉스'가 있는 사람들은 대개 하고 싶은 말이 있어도 잘 하지 않는다. 부정적인 감정을 드러내면 혹여 자신을 안 좋게 생각할까 걱정한다. 무언가를 정해야 할 때도 타인의 의견을 먼저 묻는다. 눈치도 많이 본다. 그러다보니 늘 손해 보는 느낌을 받는다. 자신의 이야기를 많이 하지 않고, 남의 이야기에 귀 기울인다.

'착한 사람 콤플렉스' 내려놓기를 연습할 필요가 있다. 그러기 위해 가장 먼저 해야 할 것은 '거절'이다. '착한 사람 콤플렉스'가 있으면 거절을 잘 못한다. 거절해야 하는 것을 알면서도 입 밖으로 그 말이 나오지 않는다. 그러다보니 '나'보다는 '남' 위주로 시간을 쓰게 된다. 타인을 돕는 것이 나쁘다는 말이 아니라, 무리할 필요가 없다는 뜻이다. 도움을 받은 사람이 고마움을 표시할 때도 있지만, 막상 도와주고 나면 당연하다는 듯이 반응하는 경우도 흔하다. 그런 사람들로부터 자신을 지키는 것이 먼저다.

거절을 잘하기 위한 비책 같은 것은 없다. 그저 연습이 필요할 뿐이다. 나 또한 착한 사람 콤플렉스에 빠져 있던 시기가 있었다. 누군가에게 잘 보이고 싶은 마음이 커졌을 때였다. 사람들의 부탁을 들어줄수록 선을 넘어 나의 구역에 침범한다는 느낌이 들었다. 그래서 거절하는 법을 연습했다. 처음에는 너무 소심하게 거절 의사 표시를 했는지 알아채는 사람이 없었다. 나는 '정색'했다고 생각했는데, 남이 보기에는 무표정이거나 심지어는 미소 띤 얼굴이었던 것 같다. 거절에 성공하기까지는 오랜 시간이 걸렸다.

인간관계에서 상처받는 또 다른 이유는 사람마다 관계에 대한 민감도가 다르기 때문이다. 둔감한 사람이 있고, 예민한 사람이 있다. 특정 측면에서는 예민하지만, 또 다른 측면에서는 둔감할 수도 있다. 각자 자신이 어떤 범주에 속하는지 알 것이다. 예민한 사람들은 타인의 둔감함 때문에 상처받는다. 예를 들어 예민한 사람은 메시지의 내용 중 점 하나에도 의미를 부여하며 신경을 쓰는데, 상대는 바지 주머니에 넣어둔 휴대전화의 진동조차 느끼지 못할 정도로 둔감하다면 예민한 쪽이 상처받을 가능성이 크다. 자신의 성향이 예민한 쪽에 가까운 사람은 '나보다 둔감한 사람들'에 둘러싸여 살아가는 것이 고단할 수밖에 없다.

그럴 때는 타인이 자신만큼 예민하지 않다는 것을 인지하는 것만으로도 도움이 된다. 사람은 타인을 절대로 온전히 이해할 수 없다. 타인을 100% 이해하려면 그를 앞에서 보거나, 옆에서 관찰하는 방식으로는 안 된다. 상대를 이해understand하려면, 상대의 아래under에 서서stand 그와 동일한 시각으로 세상을 봐야 하는데, 땅을 뚫고 상대의 몸속으로 들어가지 않는 한 불가능하다. 그를 이해하려고 노력하기보다는 '저 사람은 나와는 달라', '나처럼 세상을 민감하게 바라보지 못해'와 같은 생각을 하면서 상대의 상태를 인지하기만 하면 된다.

일본의 정신건강의학과 전문의인 나가누마 무쓰오는《그래요, 나 민감해요》라는 책에서 세상에는 '매우 민감한 사람HSP, Highly Sensitive Person'이 다섯 명 중 한 명꼴로 있다고 말한다. 그는 매우 민감한 사람들에게, 사소한 일에도 과민하게 반응하는 자신을 못마땅해하지 말고 민감한 기질을 이해하고 받아들이라고 조언한다. 그의 조언대로, 나의 예민한 기질을 있는 그대로 받아들이는 동시에 둔감한 사람들을 그 자체로 인정한다면 인간관계에서의 불필요한 잡음을 어느 정도 줄일 수 있을 것이다.

인간관계에서 민감도가 높은 사람들은 "나는 이러이러한 상황에서 예민해지니 그런 행동을 하지 않았으면 좋겠다"고 상대방에게 분명히 밝히는 것도 필요하다. 감정과 생각을 표출하는 것만으로 많은 것이 해결된다. 둔감한 상대는 당신이 어느 지점에서 예민해지는지 인지조차 하지 못하는 경우가 많기 때문이다. 얘기를 꺼내면 열의 아홉은 "몰랐다"면서 자신의 행동을 고치려 노력할 것이다. 물론 그렇게 말했는데도 똑같이 둔감한 행동을 지속하는 사람도 있을 수 있다. 그런 사람은 그냥 떠나보내면 된다.

인간관계가 어려운 근본적인 이유는 타인이 내 맘 같지 않기 때문이다. 내가 상대에게 유무형의 관심을 쏟은 만큼 상대방도 나에게 그랬으면 좋겠는데, 좀체 뜻대로 되지 않는다. 타인과 관계를 맺으면 다양한 감정이 발생한다. 그 과정에서 크고 작은 상처를 입을 수밖에 없다. 당장 오늘 하루만 떠올려봐도 타인으로 인해 좋은 감정과 서운한 감정이 교차했을 것이다.

관계로 인해 상처받고 싶지 않다고 해서 모든 인간관계를 단절하는 것이 해답은 아니다. 인간은 다른 동물들과는 달리 혼자서는 살 수 없게 설계되어 있다. 태어난 뒤 최소 몇 년 동안 양육자의 보호를 받아야 한다는 사실만 봐도 그렇다. 태어나자마자 이동하고, 사냥하고, 어미를 떠나는 동물들과는 완전히 다르다. 자급자족이 아닌, 분업으로 생계를 꾸리는 것도 그렇다. 불필요한 인간관계를 줄여야 하는 것은 맞지만, 모든 인간관계를 단절하고 살 수는 없다.

관건은 인간관계에서 극단적인 상황을 피하는 것이다. 연인과 헤어져 몇 달 동안 식음을 전폐하고 드러눕는 사람이 있다. 한 명의 친구와 절교했을 뿐인데 '이제 사람은 못 믿겠다'며 모든 인간관계를 차단해버리는 사람도 있다. 이렇게 극단적인 상황을 피하기 위해서는 한 가지 사실을 기억할 필요가 있다. 바로 인간은 모두 외롭다는 사실을 받아들이는 것이다. 실제로 인생은 혼자다. 외로움이라는 감정은 인생의 기본값으로 설정돼 있다. 이 사실만 받아들여도 많은 것이 달라진다.

외로워서 사람을 만났다가 관계가 어그러진 상황을 누구나 겪어보았을 것이다. 외로울 때는 감정이 마비돼 평소의 나답지 않은 선택을 한다. 상대가 나에게 도움이 되지 않을 것을 알면서도 외롭다는 이유로 그 사람을 만난다. 외로움은 합리적 판단을 저해한다. 외로움은 인간의 본질인데, 마치 누군가를 만나면 외로움이 해소될 것으로 착각한다. 영혼의 단짝 같은 이성을 만나도, 마음이 잘 맞는 친구와 종일 대화를 나눠도 외로움은 본질적으로 해소되지 않는다.

만약 지금 외로움을 느낀다면, 교제를 할 시간이 아님을 자각해야 한다. 오히려 주변의 인간관계를 끊어내고 외로움과 정면으로 맞서야 한다. 인간관계에서 상처를 받았다면 또 다른 사람과의 관계로 해소하려 하기보다는 스스로 문제를 파악해서 극복하는 것이 먼저다. 물론 외로움과 맞닥뜨리는 순간은 참 고통스럽고, 고독하다는 느낌을 넘어 공포 같은 극단적인 감정으로 다가올 수도 있다. 그럼에도 그 순간을 잘 이겨내고 나면 분명히 성장할 수 있다. 더 나은 사람을 만날 가능성도 커진다. 외로움을 견뎌내는 시간에는 내가 어떤 사람인지 생각할 거리가 많아지고, 내가 어떤 사람인지 잘 알고 나면 타인과 교유하는 일이 수월해진다.

내가 좋은 사람이어야 좋은 사람을 만날 수 있다. 우울하고 불안하고 외로울 때 누군가를 만나면 상대도 그런 상태일 가능성이 크다. 그렇게 되면 서로에게 안 좋은 영향을 미쳐 관계를 맺기 전보다 더 극심한 침잠 상태로 빠져들게 된다. 사람은 계속 변화하는 존재이기에 내가 충분히 장점을 발휘할 수 있는 상태일 때 사람들과 다양한 관계를 맺는 것이 좋다.

'착한 사람 콤플렉스'를 내려놓고, 서로 관계에 대한 민감도가 다르다는 것을 인정하며, 외로움을 그 자체로 받아들인다면 인간관계에서의 극단적인 상처는 피할 수 있다. 만약 이미 커다란 내상을 입었다면 상처가 아물 수 있도록 나 자신을 돌봐야 한다. 인간관계가 어긋났다는 점 때문에 죄책감을 가질 필요는 없다. 모든 관계에는 유효기간이 있다. 아무리 긴 관계라도 한쪽이 죽으면 끝이 난다. 꼭 죽을 때까지는 아니더라도 중간에 관계가 끊어지는 경우가 허다하다. 인연은 노력만으로 이어지지 않는다. 인연이 끝난 관계에 가정법을 써서 '내가 그때 그렇게 하지 않았더라면', '내가 그 말을 하지 않았더라면' 하고 생각하지 않기를 바란다. 이미 당시에 충분히 할 만큼 했을 것이다.

누구나 한 번쯤은 누군가를 죽도록 미워해본 경험이 있을 것이다. 그러나 자신을 돌보기 위해서는 상대에 대한 미움을 내려놓아야 한다. 이 감정을 일순간에 내려놓는 것은 말처럼 쉽지가 않다. 나 또한 오랫동안 미움이라는 감정을 품고 살았다. 누군가를 미워하면 나의 에너지가 소모된다. 그것도 나를 갉아먹는 에너지다. 정신적으로뿐만 아니라 신체적으로도 건강을 해친다. '나의 과제'와 '남의 과제'를 분리하면서 미움을 떠나보낼 필요가 있다. 타인의 말과 행동은 내가 어떻게 할 수 있는 문제가 아니다. 대신 나의 마음은 내가 조절할 수 있다. 상처를 받을지 말지는 내가 결정한다. 누군가를 미워하지 않는 것은 특별히 너그러워서가 아니라 그저 나 자신을 보호하기 위해서다.

✳
인간관계 스트레스
내려놓기

살다보면 어쩔 수 없이 인간관계 때문에 스트레스를 받게 된다. 이러한 스트레스는 회사 같은 공적인 관계에서뿐만 아니라 가족, 친구, 연인관계 같은 사적인 관계에서도 발생하는데, 공적인 것과 사적인 것을 구분하고, 서로 다른 태도를 가질 필요가 있다.

먼저 공적인 인간관계에서는 사적인 요소를 개입시키지 않아야 스트레스를 줄일 수 있다. 모든 인간관계를 칼로 무 자르듯 나눌 수 있는 것은 아니지만, 두 관계가 섞였을 때 대개 혼란이 찾아온다. 공적인 관계는 이성이 우선이고, 사적인 관계에서는 감정이 중요하다. 물론 공적인 관계라고 해서 이성이 100%고 감성이 0%일 수는 없다. 그러나 기본적으로 이성을 우선시하라는 뜻이다. 사람들은 모두 공적 관계와 사적 관계의 차이를 잘 알면서도 막상 일상에서는 이 둘을 구분하지 않고 공적인 관계에 사적인 감정을 개입하는 경우가 잦다.

20대 때는 만나는 모든 사람과 친구로 지내고 싶다는 욕심을 버릴 수 없었다. 그래서 공적으로 만난 사람과도 친근해지고 싶은 마음이 있었다. 그러다보니 공적인 관계임에도 사적인 요소들을 집어넣었다. 첫 번째 회사에서 만난 동기와는 친구처럼 허물없이 지냈는데, 시간이 흐를수록 그의 사생활 정보를 너무 많이 알게 되어 일에도 영향을 받는 지경에 이르렀다. 결국 그 동기와는 퇴사와 동시에 멀어졌다. 조금 거리를 두고 지냈다면 오히려 지금까지 연락을 유지했을지도 모른다. 비단 동기와의 관계뿐만이 아니다. 공적 관계와 사적 관계가 혼재하면 문제가 발생한다. 협업하는 사이인데 감정적으로 서운함을 느꼈다고 치자. 일에 제대로 집중이 될 리가 없다.

내가 인간관계 스트레스를 조금이나마 줄일 수 있었던 건 공적 관계에서 사적인 감정을 분리해내면서부터였다. 일할 때 감정을 모두 걸러냈다는 뜻이 아니다. 아무리 공적인 관계라해도 감정을 완전히 배제하는 건 가능하지도, 바람직하지도 않다. 다만, 모두와 친구처럼 지내야 한다는 마음가짐을 버렸다. 예전의 나는 '사회생활 중독'이라고 부를 수 있을 정도로 다양한 사람들과 어울리려 노력했다. 그런데 그 강박을 내려놓자 마음이 편해졌다. 웬만해선 개인적인 이야기를 꺼내지 않은 것도 도움이 됐다. 다른 사람이 나에게 개인사를 이야기하는 것은 막을 수 없지만, 나까지 개인적인 이야기를 할 필요는 없다고 생각했다.

나는 친절한 태도를 유지하기보다는 예의를 갖추려 노력했다. 친절과 예의는 비슷한 듯하지만 다르다고 생각한다. 친절은 따뜻함, 배려 등을 포함하는 감성적인 태도라면, 예의는 절제된 행동과 말투를 의미하는 이성적인 태도다. 공적인 관계를 잘 유지하기 위해서는 친절함보다는 예의가 필요하다. 인사성을 바르게 유지하는 습관이나 어색한 자리에서 '스몰 토크'를 시도하는 것 등이 예의에 속한다. 다소 거리를 둔다고 상대방이 느낄 수는 있지만, 그렇다고 해서 문제가 발생하는 것은 아니다. 이와 비교하여 친절한 태도는 조금만 선을 넘으면 타인의 사적인 영역을 침범할 수 있기에 위험하다. 개인적인 이야기를 주고받거나 물리적 거리를 좁히는 것은 때에 따라 공격의 대상이 될 수 있기 때문이다. 나의 친절함이 누군가에겐 '사바사바'로 보일 수 있고, 여성이라면 '사근사근'한 태도가 여성성과 연관해 뒷말이 나오기도 한다. 그러니 감정을 드러내지 않으면서도 예의 있게 행동하는 것이 필요하다.

종종 사적인 이야기를 나누는 것이 '친함'의 지표라고 생각하는 사람들이 있다. 사적인 인간관계에서는 그럴지도 모르지만, 공적인 인간관계에서는 그런 방식으로 친해져서는 안 된다. 회사에서 자신의 사적인 이야기를 하는 것은 언젠간 나에게 화살이 되어 날아온다. 친할 때는 좋을 수 있지만, 그 사람과 틀어질 상황도 염두에 두어야 한다. 친한 친구 중 하나가 고민 상담을 요청해온 적이 있다. 회사에서 자신이 연애한다는 이야기를 하지 않은 채 결혼 발표를 했다가 친한 동료로부터 비난을 받았다는 내용이었다. 그 동료는 결혼식에 참석하지 않았고, 지금까지도 서운한 감정을 표출하고 있다고 한다. 나는 친구에게 "회사생활을 잘하고 있다"고 말했다. 회사에서 나의 연애에 대해 이야기할 의무는 없다. 회사에서 남의 연애에 대해 묻는 사람, 말하지 않았다고 서운해하는 사람은 확실히 이상하다. 공적 공간에서는 정제된 언어를 써야 한다. 누군가 나의 사생활을 물어도 대답하지 않을 자유가 있다.

사적인 인간관계에서도 스트레스를 내려놓을 필요가 있다. 사적인 관계는 공적인 관계와 달리 내가 사람을 '선택'할 수 있다는 점을 명심하자. 가족만은 예외지만, 나머지는 모두 선택의 영역에 있다. 좋은 사람만 만나기에도 시간이 부족하다. 싫은 사람을 떠안고 가야 할 이유가 없다.

사적인 인간관계 중 나의 의지가 가장 많이 작용하는 관계는 친구 사이다. 좋으면 보고, 싫으면 안 보면 된다. 어릴 때부터 친구였다는 사실은 친구관계를 지속할 이유가 되지 못한다. 성인이 되어서도 다른 좋은 친구를 만날 수 있다. 친구가 별로 없어서 관계를 단절하기 어렵다고 말하는 사람도 있는데, 자신에게 나쁜 영향을 주는 친구를 만나느니 혼자가 낫다. 어떤 친구를 사귀느냐는 오롯이 자신에게 달려 있다.

대학이나 군대, 종교단체 등 일정 기간 같은 집단에 속해 있어야 하는 관계도 있다. 싫은 사람이 있어도 완전히 안 보기는 어렵다. 이럴 땐 피하는 방식을 추천한다. 적극적으로 대응할 수 없으니 소극적으로나마 같은 자리에 있지 않도록 동선을 조정하는 것이다. 그러면 상대방도 눈치를 채고 알아서 멀어진다. 모두에게 좋은 사람으로 보이려다가 큰 내상을 입을 수 있다.

사적인 관계 중 연인과의 문제를 호소하는 사람도 많다. 친구관계와 마찬가지로 좋으면 만나고 싫으면 헤어진다는 원칙을 세우면 된다. 만약 상대방이 나의 상식선에서 용납되지 않는 치명적인 실수를 했다면 어떻게 해야 할까. 헤어져야 한다. 바람피운 남자친구에 대해 하소연하던 동료가 있었다. 이야기는 구구절절하지만, 답은 정해져 있었다. 바람피운 것만 빼면 괜찮다는 것이다. 연인관계에서 '이것만 빼면 괜찮다'라는 생각은 위험하다. 한 가지 문제가 너무 커서 다른 많은 문제가 보이지 않을 뿐이다. 인간관계에 있어 '범법자'를 거르는 것이 최소한의 상식이라고 말한 바 있다. 사귀기 전엔 몰랐는데 함께 지내다보면 없던 문제가 드러나는 사람이 있다. 그 문제가 상식의 영역을 넘어서면 굳이 만남을 지속할 필요가 없다. 그 문제하나가 두고두고 자신을 괴롭게 할 것이기 때문이다.

사적인 인간관계 중 가장 어려운 것은 가족이다. 가족은 유일하게 '선택'할 수 없는 인간관계다. 타인은 나의 의지대로 인연을 맺고 끊을 수 있지만, 가족은 그렇게 할 수 없다. 가족은 다른 인간관계와 달리 접근해야 한다고 생각한다. 가족 간 갈등이 있다면 그것을 최대한 해결하기 위해 노력해야 한다. 인연을 끊거나 피할 수는 없는 노릇이다.

인간관계 고민은 평생 지속될 가능성이 크다. '나'에게 우선순위를 두고, 그다음으로 타인과의 관계를 고민하자. 공적인 관계든 사적인 관계든 자신을 지우면서까지 인간관계를 지속할 이유는 전혀 없다. 인간관계에 너무 큰 의미를 부여하기보다는 나를 지키는 것이 우선이다.

충만한 인생을 사는 방법

학창 시절 미술 시간에 쓰던 셀로판지를 기억할 것이다. 안경에 어떤 색깔의 셀로판지를 씌우느냐에 따라 사물의 색깔이 달라진다. 빨간색 셀로판지를 댈지, 노란색 셀로판지를 댈지는 나의 선택이다. 일상의 삶도 이와 비슷하다. 내가 어떤 태도를 가지고 대상을 바라보느냐에 따라 그 모습이 달라진다. 같은 사안을 두고도 긍정적인 태도를 갖는 사람, 부정적인 태도를 고수하는 사람이 나뉜다. 중요한 것은 내가 나의 태도를 정했다는 사실이다.

부정적인 태도를 가진 사람들은 항변할 것이다. 자신이 부정적인 태도를 '선택'한 것이 아니라고, 부정적인 '환경'이 자신을 이렇게 만들었다고. 하지만 알고 보면 스스로 그러한 태도를 자신의 인생에 끌어들인 것이다. 안 좋은 상황 속에서도 웃음을 잃지 않는 사람이 있고, 모든 것을 다 가졌는데도 죽음을 생각하는 사람이 있다. 자신이 어떤 태도를 가지고 삶을 살아가는지가 중요하다.

충만한 인생을 위해서는 의식적으로 긍정적인 태도를 선택해야 한다. 타인을 위해서가 아니다. 긍정적인 시각을 가져야만 나의 행복도가 올라가기 때문이다. 긍정적인 생각을 갖는 방법은 매사에 감사하는 것이다. 평소에 감사한 일이 잘 떠오르지 않는다면 매일 자기 전 세 가지씩 감사 일기를 쓰는 것이 도움이 된다. 아침에 사과를 먹었는데 맛이 달콤했던 일, 집이 같은 방향인 친구가 나를 차로 바래다준 일, 책에서 좋은 글귀를 발견한 일 등 소소하지만 감사했던 일을 적는다. 이런 식으로 매일 써내려가다보면 나중에는 감사 일기를 쓸 필요가 없어진다. 이미 생활 속에서 감사가 습관이 되었기 때문이다. 감사하는 마음과 긍정적인 태도는 같은 의미에 가깝다. 반면, 부정적인 태도를 가진 사람은 어떤 상황에서든지 부정적인 요소를 찾아내고야 만다. 그들은 좋은 상황이 와도 불만을 갖는다. 인생이 피폐해진다.

긍정적인 태도를 유지하기 위해 필요한 것이 명상이다. 명상을 하다보면 '잠시 멈춤'이 가능해진다. 아무리 긍정적인 사람도 힘든 상황이 닥치면 순간적으로 나쁜 감정이 올라온다. 이 때 명상을 하면서 자신의 생각을 잠시 중단해보자. 훈련이 잘된 사람은 잠시 뇌를 휴식 상태에 두는 것만으로 긍정 에너지를 채울 수 있다. 유튜브 영상이나 명상 애플리케이션 등 도움을 받을 수 있는 경로가 많다. 안내자의 목소리에 귀 기울이며 따라가다보면 어느새 에너지가 회복되는 것을 느낄 수 있다. 나는 몸에 긴장을 풀기 위한 용도로도 명상을 자주 활용한다. 사람이 보통 스트레스를 받으면 호흡을 제대로 하지 않고 온몸에 힘을 준다. 명상은 몸에 힘을 빼는 과정이기도 하다. 명상을 통해 몸이 부드러워지면 마음도 말랑말랑해진다.

현재에 집중하는 것도 삶을 충만하게 만들 수 있는 방법 중 하나다. 과거나 미래가 아닌 현재에 모든 관심을 집중하는 것이다. 이는 '몰입'과도 관련된다. 누구나 시간의 상대성을 느껴보았을 것이다. 재밌는 일을 하면 시간이 빨리 가고, 지루한 일을 하면 시간이 천천히 간다. 현재에 몰입하고 있는 사람에게는 과거나 미래가 끼어들 틈이 없다. 불행하다고 느끼는 사람의 대부분은 시점이 과거 혹은 미래로 가 있다. 과거의 트라우마에 시달리거나, 미래를 과도하게 불안해한다. 자신이 '지금, 여기'에서 할 수 있는 일에 집중함으로써 불안한 기분을 떨쳐버릴 수 있다.

자존감의 문제도 짚어볼 필요가 있다. 대체로 자존감이 높은 사람은 삶의 태도가 긍정적이고, 반대로 자존감이 낮은 사람은 삶의 태도가 부정적이다. 자존감이 높은 사람이 행복한 것은 당연하다. 자존감이 높은 사람은 자존감 자체를 인지하지 않은 채 살아간다. 자존감이라는 용어를 꺼낼 필요도 없이 자존감 높은 자신의 상태를 자연스럽게 여긴다. 시점은 대체로 현재, 혹은 가까운 미래를 향해 있다. 반면 자존감이 낮은 사람은 자존감이라는 단어에 집착한다. 과거에 몰두하는 것도 특징이다. 자존감이 높은 사람과 낮은 사람이 구분되는 것이 아니라, 자존감을 신경 쓰지 않는 부류와 자존감이 낮은 부류가 존재하는 것이다. 셀로판지로 치면 자존감을 신경 쓰지 않는 사람들은 투명 셀로판지를, 자존감이 낮은 사람들은 빨간 셀로판지를 선택했다고 볼 수 있다.

누구에게나 상처가 있다. 이 상처를 어떻게 바라보느냐는 자신에게 달렸다. 자존감이 높은 사람은 자신의 상처를 있는 그대로 수용한다. 과거의 상처를 인지하지만 현재와 결부하여 생각하지는 않는다. 반면 자존감이 낮은 사람들은 상처를 트라우마로 명명한다. 자신이 이렇게 된 것은 트라우마로 남을 어떤 사건이나 사람 때문이라고 생각한다. 이렇게 생각하는 것 또한 자신의 선택이다.

빨간색 셀로판지를 걷어내자. 해결의 첫걸음은 '용기'다. 트라우마에 숨지 않을 용기, 과거에 집착하지 않을 용기, 남 탓을 하지 않을 용기가 필요하다. 용기를 내는 방법은 간단하다. '작은 성취'를 해나가는 것이다. 큰 성취까지도 필요 없다. 내가 '지금', 그리고 '여기'에서 할 수 있는 일들을 해본다. 가죽공예같이 새롭게 무언가를 만들어보는 것도 좋고, 책 한 권을 완독하는 것도 좋다. 매일 일정한 시간에 기상하기, 일주일에 두 번 운동하기, 매일 한 끼 요리하기 등 습관화할 수 있는 것들도 자기 효능감을 높이는 방법이다. 일상에서 작은 목표를 세우고 그것들을 성취해나가는 과정에서 자존감이 올라가고 긍정적인 삶의 태도를 가질 수 있게 된다.

일상의 작은 성취를 통해 자기 효능감을 조금씩 높여감과 동시에 모든 일에 나 자신을 중심에 두는 것이 필요하다. 자존감의 핵심은 '나를 기준으로 두는 것'에 있다. 자존감이 높은 사람은 남의 기준이 아닌, 자기 자신의 기준에 따라 움직이며 스스로 삶의 주체가 된다. '자기다움'을 찾는 것이 자존감을 높이는 주효한 방법이다.

사실 경쟁이 심한 한국 사회는 자존감이 낮은 사람들이 많아질 수밖에 없는 구조다. 경쟁 사회의 근본은 하나의 사회적 잣대를 사회에서 정해두고 그것을 쟁취하는 소수의 사람이 이기도록 만드는 데 있기 때문이다. 그러나 자기 자신의 기준은 무의미해지고 사회가 정해놓은 단 하나의 기준을 따르도록 강요하는 이런 분위기 속에서, 역설적으로 '나의 기준'에 집중할 필요가 있다. 남들이 다 좋다고 하는 것이 과연 내게도 좋은 것일지 자문해야 한다.

긍정적인 태도를 선택하고, '나의 기준'에 따라 '작은 성취'를 하며 자존감을 높여나가면 인생이 충만해진다. 나의 기준은 특별한 것이 아니다. '어제의 나'와 '오늘의 나'를 비교하는 것이다. 사람은 스스로 만든 기준에 따라 살아갈 때 창의적이 되며, 자기 신뢰감도 높아진다.

3장

어제보다 발전하는 나,
나만의 시간표 만들기

#성장

#배움

#퍼스널브랜딩

✳

'성공'하기보다
'성장'해야 하는 이유

'성공'과 '성장'은 다르다. 먼저 성공은 그 기준이 사회에 있다. 성공을 한 문장으로 정의할 수는 없어도 사회적으로 합의된 어떤 기준이 존재한다. 성공은 과정보다는 결과를 중시하는 개념이며, 성공의 결과로는 부와 명예 등이 있다.

반면 성장은 과정을 중시하는 개념이다. '어제보다 발전한 나'가 기준이 되기 때문에 그 기준이 개인마다 모두 다르다. 성장에 초점을 맞추고 발전해나가는 사람은 결과를 미리 가정하지 않는다. 인생을 과정으로 보고 현재를 충실히 살아갈 뿐이다. 충실하게 성장의 과정을 거치다보면 결과적으로 부와 명예가 따라올 수는 있다. 그러나 부와 명예만을 목표로 하지는 않는 점이 성공과는 다르다.

나는 성공에 목표를 두기보다 성장에 방점을 찍는 것이 인생을 좀 더 풍요롭게 사는 방법이라고 생각한다. 그리고 아직 사회적으로 성공하진 않았어도 열정을 바탕으로 계속 성장해 왔다고 자부한다.

지금은 '어떻게 살 것인가'라는 질문에 '어제보다 성장한 나를 위해 살아갈 것이다'라는 답을 내리고 만족하며 살아가고 있지만, 나 또한 20대 때는 '왜 사는가'라는 질문에 꽂혀 있었다. 인생에 무언가 '의미'가 있을 것으로 믿고, 의미를 찾아 헤맸다. 하지만 인생의 의미는 삶의 과정에 있는 것이고, 본질적으로 인간은 생존하기 위해 존재하는 것이라는 것을 깨달았다.

"삶이 진행되는 동안은 삶의 의미를 확정할 수 없기에 죽음은 반드시 필요하다"라고 이탈리아 영화감독 피에르 파올로 파졸리니는 말했다. 그의 말대로 죽음이 없다면 삶의 소중함도 느낄 수 없다. 실제로 반만년 역사의 흐름 속에서 '나'는 유전자를 전파하는 한 개인으로 지금 여기 존재한다. 유발 하라리의 《사피엔스》에도 비슷한 이야기가 나온다. 인류가 신성한 우주적 계획의 일부로 창조되었다는 것은 망상에 가깝고, 그저 진화 과정의 산물일 뿐이라는 것이다. 실제로 우주에서 보면 나라는 존재는 '점' 하나도 안 된다. 삶에 어떤 거창한 의미나 가치를 부여하기보다 우주적 관점으로 나를 바라보니, 오히려 삶이

유한하다는 깨달음과 더불어 나의 '현재'에 좀 더 집중할 수 있게 되었다. 그리고 '지금, 여기'의 나를 더욱 소중히 여길 수 있게 되었다.

현재에 집중한다는 것은 무엇일까. 그것은 나를 과거나 미래 시점이 아닌 '지금, 여기'에 가져다 두는 것을 말한다. 사람들은 과거 특정 시점의 일 때문에 괴로움을 느끼거나, 미래에 대한 불안으로 쉽게 우울해지곤 한다. 그런데 과거는 이미 지나갔고, 미래는 아직 오지 않은 시간이다. '현재'의 내가 당장 해결할 수 있는 부분이 없다는 말이다. 단 하나 해결책이 있다면 '지금, 여기'에서 내가 할 수 있는 일에 집중하는 것이다.

망한 프레젠테이션 때문에 의기소침하기보다는 '지금' 스피치 과외를 받고, 취업에 대한 막연한 불안감 대신 '여기' 눈앞에 있는 자기소개서 문장을 하나 더 고쳐보는 식이다. 국어 시간에는 국어 공부를 하고, 수학 시간에는 수학 공부를 하라는 것과 같은 맥락이다.

요가에서는 호흡에 집중하는 방식으로 시점을 현재에 두라고 한다. 자꾸 머릿속의 생각이 과거나 미래에 머무른다면 지금 내 심장이 뛰는 소리, 내 숨이 나가고 들어오는 현상에 집중하는 것이 도움이 된다. 현재에 집중하면서 하루하루 충실하게 보내는 것이야말로 성장하는 지름길이다.

현재에 집중하는 가장 좋은 방법은 '몰입'의 시간을 늘리는 것이다. 몰입은 심리학자 미하이 칙센트미하이에 의해 명명된 개념으로 무언가에 흠뻑 빠져 있는 심리적 상태를 의미한다. 칙센트미하이는 몰입을 '물 흐르는 것처럼 편안한 느낌', '하늘을 나는 자유로운 느낌'으로 소개한다. 즐거운 일을 할 때 시간이 순식간에 지나가는 경험을 누구나 해보았을 것이다. 이러한 긍정적인 의미에서의 '시간 왜곡'이 많아지면 행복감도 올라간다. 몰입을 통해 무언가를 성취하거나, 의미를 찾아 보람을 느낀다면 '현재'의 시간은 유의미하게 채워지고, 그 시간이 쌓여 나의 인생을 이루게 된다.

'몰입'하기 위해서는 내가 원하는 일을 해야 한다. 누군가 시킨 일을 하면서 몰입하기란 참으로 어렵다. 성공을 목표로 스펙을 쌓는 시간은 즐겁지 않다. 각종 시험을 준비하던 때를 떠올려보면 어떤 느낌인지 알 수 있다. 고통을 최소화하면서 그 시간을 견뎌낼 뿐이다. 반면 나 자신의 성장을 위해서 하는 일들은 내가 스스로 선택한 것들이다. 자율성이 바탕이 되기 때문에 그만큼 몰입도가 올라간다. 누가 시켜서 하는 일이 아닌 자발적으로 하는 일, 그 과정에서 성취와 보람을 느낄 수 있다. 몰입의 시간이 차곡차곡 쌓이면 자신도 모르는 사이에 조금씩 성장하게 된다.

《트렌드 코리아 2020》에서 2020년의 트렌드로 꼽은 표현 중 '업글인간'이라는 말이 있다. 성장을 꿈꾸며 열정적으로 사는 부류의 사람들을 칭하는 말이다. 업글인간은 업그레이드 인간의 줄임말로, 성공보다 성장을 추구하는 새로운 자기 계발형 인간을 의미한다. 책에서는 업글인간이 자신을 성장시키는 영역을 세 가지로 소개하는데, 몸의 업그레이드, 취미의 업그레이드, 지식의 업그레이드가 그것이다. 나 또한 주로 이 세 영역에서 나 자신을 성장시키려 노력하고 있다.

먼저 신체 측면을 살펴보면, 현시대는 그 어느 때보다 몸에 대한 관심이 높다. 다이어트 열풍을 넘어 '건강한 몸'을 원하는 사람들이 크게 늘어난 것도 주목할 만하다. 몸 만들기는 외부 변수에 좌우되지 않는다는 장점이 있다. 내 뜻대로 되지 않는 것투성이인 세상에서 몸만큼은 내가 노력하는 대로 결과가 나온다. 많은 사람들이 운동의 매력에 빠진 이유도 여기에 있다. 또, 몸과 마음이 연결되어 있다는 사실이 이제는 거의 상식처럼 받아들여지고 있다. 사람들은 체력이 좋은 만큼 자유를 누릴 수 있다는 것을 경험으로 알고 있다. 만약 누군가가 나에게 자가용을 주면서 평생 이 차만 타야 한다고 말했다고 가정해보자. 나는 그 차를 아주 소중히 여기면서 고장 나지 않도록 세심하게 신경 쓸 것이다. 사람의 몸은 이 자동차와 같다. 사람은 자신의 신체에서 단 한 발자국도 떨어질 수 없다. 그렇기 때문에 자신의 몸을 잘 보살피는 것은 필연적으로 중요한 성장의 방향 중 하나다.

다음은 정신적 측면의 성장이다. 이는 취미와도 연결된다. 좋아하는 일을 하면서 돈도 벌고 싶은 게 모두의 로망이다. 정신적 측면의 성장을 하다보면 이러한 일이 실제로 가능해진다. 유튜브로 인해 취미가 돈이 될 수 있다는 사실이 이미 증명됐다. 집에서 나 혼자 하던 소소한 취미 활동을 영상으로 찍어 유튜브에 업로드했을 뿐인데 광고 수익을 얻는다. 정신적 측면의 성장은 퍼스널 브랜딩과도 연결된다. 평생직장의 개념이 저물고 N잡러, 1인 기업 등이 키워드가 되는 시대다. "사랑하는 일을 하며 살고 싶다면 스스로 브랜드가 돼라"라는 유튜버 대도서관의 말처럼, 정신적 측면의 성장을 위해서는 자신만의 브랜드를 어떻게 만들어나갈 것인지 고민해볼 필요가 있다.

지적인 측면도 성장의 중요한 방향 중 하나다. 지적 능력이 높다고 해서 모두가 훌륭한 삶을 사는 것은 아니지만, 지적 능력이 낮으면 세상을 살아가는 데 큰 불편을 겪는다. 아는 어휘가 500개인 사람과 1만 개인 사람 사이에는 메울 수 없는 간극이 존재한다. 모국어만 할 줄 아는 사람과 여러 개의 외국어를 구사할 수 있는 사람도 정보의 습득 면에서 큰 차이가 난다. 자신이 생각하는 바를 글로 표현할 줄 아는 사람, 서로 다른 분야의 학위를 여러 개 가지고 있는 사람, 자본주의가 돌아가는 시스템을 알고 이를 투자에 활용할 수 있는 사람은 모두 그렇지 않은 사람보다 삶의 질을 높일 수 있다.

한 가지 알아두어야 할 점은, '스펙'이라 불리는 것들은 일정 시간 나의 사회적 지위를 보장해줄 수는 있어도 나의 미래까지 담보해주지는 않는다는 것이다. 대학 졸업장이 미래를 약속해주던 시대가 있었다. 하지만 이제 그런 시대는 끝났다. 학위를 비롯한 스펙은 취업을 하고 나면 그 가치가 급속도로 하락한다. 컴퓨터 자격증, 토익 점수, 인턴 경험이나 공모전 수상 같은 스펙도 그렇다. 하지만 내 머리와 몸에 새겨진 성장의 흔적들은 누가 가져갈 수도 없고, 만료되지도 않는다.

성장하기 위해 가장 중요한 건
실행력

직장인 2대 허언이라는 유머가 있다. 하나는 "나 퇴사할 거야", 다른 하나는 "나 유튜브 할 거야"다. 둘 다 실행에 옮기는 것이 쉽지 않다는 의미다. 사실 퇴사와 유튜브 채널 개설 말고도 무언가를 실행에 옮기는 것은 굉장히 어렵다. 인간은 본능적으로 게으르며, 변화를 싫어하기 때문이다. 그런데 성장을 하기 위해서는 '실행력'이 반드시 동반되어야 한다. 아무 일도 하지 않으면 아무 일도 일어나지 않는다.

실행력을 높이는 방법을 이야기하기 전에 실행력을 앗아가는 요인을 제거하는 것이 우선이다. 실행을 늦추는 원인 중하나는 '생각'이다. 생각을 해야 실행도 할 수 있는 것 아니냐고 반문할 수 있다. 그러나 너무 많은 생각은 실행을 하지 않게 만든다. 이에 관해서는 김연아 선수가 인상 깊은 말을 한 적이 있다. "무슨 생각하면서 스트레칭을 하세요?"라는 기자의 질문에 김연아 선수는 "무슨 생각을 해, 그냥 하는 거지"라고 답변했다. 나는 실행을 주저하게 될 때면 김연아 선수의 이 말과 함께 나이키 브랜드의 슬로건 'Just Do It'을 떠올린다. 사실 모든 일은 그냥, 하면 된다.

생각이 너무 많은 사람들은 실행을 하는 도중에 더 좋은 생각이 자꾸만 떠올라 행동에 방해를 받는다. 이런 사람들에게는 행동하는 날과 생각하는 날을 구분해보라는 한 유튜버의 조언이 도움이 된다. 가령 월요일부터 토요일까지는 행동하는 날로, 일요일은 생각만 하는 날로 지정하는 것이다. 좋은 방법이다. 계속 생각이 떠오를 때는 의도적으로 멈출 필요도 있다.

계획을 너무 꼼꼼하게 짜는 것도 실행을 방해한다. 계획은 '행동'과는 거리가 멀다. 그저 '생각'일 뿐이다. 계획을 짜는 것만으로 자신이 좀 더 나아졌다고 착각이 일기도 한다. 머릿속으로 성장한 자신을 상상하며 만족하는 것이다. 그러나 알다시피 현실에서는 아무 일도 일어나지 않았다. 가령 SNS에서 정치를 개혁해야 한다는 칼럼을 보고 '좋아요'를 누른 행위와 비슷하다. 스스로 정치 개혁에 힘을 보탰다는 생각을 자신의 뇌에 심어줄 수는 있지만, 실제로 개혁에 보탬이 된 일은 아무것도 없다. '생각'과 '행동'을 명확하게 구분해야 한다.

실행력을 높이는 방법은 간단하다. 생각이 나면 바로 행동에 옮기는 것이다. 말로는 간단하다고 했지만, 사실은 어렵다. 이런저런 이유를 붙여 실행하지 않는 것이 인간이다. 인간은 '항상성'이라는 특성을 가지고 있다. 항상성은 생존에 필요한 안정적인 상태를 그대로 유지해나가려는 경향이다. 인간은 본능적으로 변화를 최소화하려 한다.

그러니 무언가 해야겠다는 생각이 떠올랐다면, 다른 부차적인 생각이 들기 전에 바로 실행해버리자. 그것만이 해법이다. 내가 자주 쓰는 방법이기도 하다. 예를 들어 어떤 영화가 보고 싶으면 바로 표를 검색한다. 당장 갈 수 있으면 가고, 시간이 안 맞으면 예매 버튼을 눌러 결제를 완료한다. 좋은 책을 추천받았을 때도 마찬가지다. 그 자리에서 인터넷으로 구매를 한다. 내가 이렇게 하는 이유는 단순하다. 이것이 에너지를 절약하는 길이기 때문이다.

나의 경우 머릿속에서 '이 일을 해야 하는데'라는 생각 자체만으로도 스트레스를 받는 편이다. 뭔가 미루는 느낌 때문이다. 그래서 일을 할 때도 '할 일 목록To do list'를 만들어 포스트잇에 붙여두는 일을 최대한 삼간다. 생각해보면 바로 처리할 수 있는 일들이 많다. 그렇게 함으로써 일이 쌓이는 것을 방지할 수 있고, 미루고 있다는 느낌을 나의 뇌에 주지 않는다.

일을 미루는 습관은 자존감과도 연결된다고 한다. '할 수 있다'는 자기 효능감이 부족하면 자꾸 일을 뒤로 미룬다. 미루다 보면 실행하지 않게 되고, 실행해서 얻은 것이 없기에 자신감이 떨어지는 악순환이 반복된다. 악순환에서 빠져나오는 방법 또한 실행밖에 없다. 사소한 문제부터 시작해 바로바로 처리하는 연습이 필요하다.

분야에 따라 실행력에 차이를 보이기도 한다. 자신 있는 분야와 자신 없는 분야가 각각 다르기 때문이다. 예를 들어 외국어를 전공하고 언어에 자신 있는 사람은 새로운 언어를 배우는데 거리낌이 없을 것이다. 완전히 새로운 언어일지라도 바로 책을 주문해서 DAY 1을 학습할 가능성이 크다. 그러나 언어 분야에서는 실행이 빠른 이 사람도 투자 분야에서는 실행이 느릴수 있다. 미국 주식에 투자해야겠다는 생각이 들었다고 치자. 실제 투자는 차일피일 미루면서 언어 공부하듯이 미국 주식책을 뒤적이고 있을 수 있다. 실행을 하지 않고 신중에 신중을 기하는 이유는 이처럼 자신감의 차이에 있다. 이미 자신이 잘하는 분야인 '언어'에 있어서는 노력 대비 어느 정도 성과가 나온다는 자신감이 있는 것이고, 실행해서 얻을 이익이 눈앞에 보이지 않는 '투자'에 있어서는 계속 투자하지 말아야 할 이유를 머릿속으로 만들고 있는 것이다.

자신 없는 분야라 해도 '작은 성취'를 반복하다보면 성장에 가까워진다. 제약회사에 다니던 친구 중 한 명은 10년 전쯤 인터넷 쇼핑몰을 운영하고 싶다면서 홈페이지를 개설하고 하루에 하나씩 물품을 올렸다. 회사를 다니면서 매일 물품을 업로드하고 상세페이지를 꾸미는 일이 결코 쉬운 일은 아니었을 것이다. 지루하고도 힘든 이 과정이 1년 넘게 이어졌고, 그 친구는 결국 퇴사를 하고 쇼핑몰 운영을 본격적으로 시작했다. 쇼핑몰은 지금도 성업 중이다. 본래 자신이 잘하던 분야가 아닌 새로운 분야에서 성취를 이룬 것이다. 이처럼 실행력의 차이가 성패를 좌우한다.

물론 실행을 하려면 돈과 시간이라는 유무형의 자원을 투자해야 한다. 많은 이들이 망설이는 이유도 사실은 이 지점에 있을 것이다. 도전은 사실 효율적이지 않다. 투자 대비 이득이 확실치 않기 때문이다. 효율성의 측면에서만 생각하면 나의 돈과 시간을 투자하는 것이 꺼려지는 것이 사실이다. 하지만 효율성의 논리에 빠지면 언제나 가장 안전한 선택을 할 수밖에 없다. 이불 밖은 위험하다고 자기 위안을 하며 침대에 누워 넷플릭스를 시청하는 것이다. 실패할까봐 아무런 실행도 안 하는 사람에게는 아무 일도 일어나지 않는다. 그래서 얼핏 보면 실패하지 않은 것처럼 보인다. 그러나 인생 전체로 놓고 봤을 땐 큰 실패가 될 수 있다.

작은 변화를 위해 한 가지 제안을 해보고 싶다. 한 달에 일정 금액을 정해놓고 자신에게 투자해보자. 5만 원도 좋고 10만 원도 좋다. 대신 정해놓은 금액은 무조건 자신을 위해서만 쓰는 것으로 한다. 학원을 등록해도 좋고 온라인 강의를 수강해도 좋지만, 소비성 지출이 아닌 투자성 지출의 성격을 띠어야 한다. 나는 사실 지출의 대부분을 나를 위한 투자에 사용한다. 학비와 학원비, 온라인 강의 수강료가 대부분이다. 도서 구입비로도 매년 100만 원 이상씩 지출한다. 큰돈인 것 같지만 지적으로 성장하는 비용이라고 생각하면 아깝지 않다. 돈이라는 자원을 투입했기에 중도에 포기할 가능성도 낮아진다.

실행을 너무 커다란 가치로 간주하지 말자. 가령 '도전' 같은 단어가 그렇다. '도전'이라는 단어를 떠올리면 '실패'라는 단어가 연관검색어처럼 따라붙는다. 실패가 두렵기에 도전하고 싶지 않다는 마음이 생길 수밖에 없다. 도전보다는 실행이라는 단어를 자주 쓰는 편이 좋다. 일상생활에서는 실행과 도전이 크게 다르지 않다. 실제 도전적으로 보이는 사람들은 그 자체를 도전이라고 생각하지 않는다. 그저 하나의 할일을 실행하는 마음으로 어떤 과제를 수행하고 있을 뿐이다.

실행해야 하는 일이 너무 커다란 목표처럼 느껴질 수 있다. 이 또한 실패라는 프레임에 갇힌 탓이다. 실행을 여러 번 해본 사람과 실행에 옮기지 않는 사람 중 누가 더 많이 실패할까. 당연히 실행을 많이 해본 사람이다. 아무 일도 하지 않으면 실패도 하지 않기 때문이다. 그러나 여러 번 실패하더라도 목표하는 바를 달성하는 순간 성공의 경험만 남는다. 앞의 실패는 기억에서 잊힌다. 이렇게 성공의 경험이 축적되면 실패에 대한 두려움은 사라진다. 즉, 몸을 움직여 실행만 하면 세상 그 어떤 일도 어려울 게 없다. 그냥 하면 된다.

✳

성장하기 위해서는
멘토가 필요하다

프레임이라는 개념이 있다. 액자를 뜻하기도 하는 이 단어는 '관점의 틀'로 해석된다. 쉽게 말해 어떤 생각을 액자 안에 가두는 것이다. 미국의 언어학자 조지 레이코프는 자신의 책 《코끼리는 생각하지 마》에서 사람들에게 "코끼리는 생각하지 마"라고 말하면 그 말을 들은 사람은 반사적으로 코끼리를 떠올리게 되는데, 이것이 바로 프레임의 함정이라고 설명한다.

미국에서 워터게이트 사건이 터졌을 때 닉슨 대통령은 대국민 담화를 통해 "저는 거짓말쟁이가 아닙니다"라고 말했다. 그 순간 전 국민이 그를 '거짓말쟁이'로 여기게 됐다. 또 다른 예가 있다. 참여정부가 부동산 정책을 내놓자 보수언론은 '종부세=폭탄'이라는 프레임을 만들었고, 종부세 납부 대상이 1%

미만에 불과함에도 종부세가 부당한 세금이라는 인식을 심는 데 성공했다.

요즘 '안티 꼰대'가 하나의 문화 현상이 되면서 '꼰대' 프레임도 생겨났다. 이제 무언가를 알려주려는 사람은 꼰대 취급을 받는다. 꼰대 프레임 속에서는 멘토의 가치가 폄훼된다. '멘토'는 가르침을 주며 인도하는 사람이다. 꼰대는 "나 때는 말이야"로 말을 시작하며 자신의 방법을 강요하는 사람이다. 전달 방식에 차이가 있는 것은 확실하지만, 무언가를 알려주고 싶은 목적을 가지고 있다는 점은 비슷하다.

요리연구가 백종원이나 '개통령'이라고도 불리는 강형욱은 꼰대일까, 멘토일까. 멘토라고 생각하는 사람이 많을 것이다. 이들은 각각 요리, 반려동물 트레이닝이라는 전문성을 바탕으로 사람들에게 가르침을 주며, 자신이 지금까지 쌓아온 경험을 이야기하는 데 주저함이 없다. 자신의 경험을 앞세워 타인과 비교를 하며 훈계하는 모습은 꼰대와 비슷한 지점이 있다. 하지만 그 누구도 이들을 꼰대라고 생각하지 않는 이유는 두 가지다. 하나는 전달 방식이다. 이들은 듣는 사람의 입장을 고려하여 말한다. 청자의 눈높이에 잘 맞춘 화법을 구사하며 상대에게 공감한다. 다음으로, 그들은 자기 자랑의 의도가 없다. 꼰대는 확실히 그 말속에 자기 자랑이 포함돼 있다. 하지만 이들의 행동을 보면 무언가 도움을 주려는 의지가 보인다.

여기서 하고 싶은 말은 '꼰대'와 '멘토'는 겉으로 드러나는 표현방식에 차이가 있을 뿐 본질은 크게 다르지 않다는 점이다. 자기 자랑을 일삼고 후배들을 깔아뭉개려고만 하는 극단적인 꼰대를 제외하면, 무언가 알려주려는 의도를 가진 사람에게 꼰대라는 프레임을 덧씌우는 일은 지양해야 한다. 회사에 처음 들어가면 꼰대가 너무 많다는 생각을 가질 수 있다. 하지만 회사는 늦게 입사한 사람이 먼저 입사한 사람에게 업무를 배울 수밖에 없는 구조다. 선배가 무엇을 알려주는 것을 '사수'의 개념에서가 아닌 '꼰대'의 개념에서 바라보는 사람들이 있다. 물론 그 선배의 전달 방식이 백종원이나 강형욱만큼 세련되지는 않을 것이다. 하지만 무언가를 알려주는 행위를 전부 꼰대 행위라고 취급해버리면 멘토까지 잃어버릴 수 있다.

회사에서는 처음 일을 어떻게 배우느냐에 따라 향후 업무 능력에 큰 차이가 난다. 내가 첫 직장에 입사했을 때 옆 팀의 선배가 자발적으로 교육을 해주겠다고 나선 적이 있었다. 같은 팀도 아니고 사수도 아니었는데, 자신의 시간을 쪼개서 매일 설명을 해주고 과제도 내주겠다고 했다. 내가 먼저 뭔가를 물어본 것도 아니고, 특별히 궁금한 부분도 아니었지만 손해 볼 건 없다는 생각에 충실하게 선배가 내준 과제를 해갔다. 나중에 알고 보니 그 선배는 그저 타인에게 무언가를 가르쳐주는 것을 좋아하는 사람이었다. 내가 담당했던 증권 분야와 인접한 기업금융 관련 지식을 추가로 알게 되니 좀 더 풍부한 내용의 기사를 쓸 수 있었다. 열린 마음으로 뭐라도 더 배우려는 사람에게 기회가 찾아온다.

입장을 바꿔보아도 마찬가지다. 요즘 5~10년 차 직원들은 자신이 '젊은 꼰대'로 보일까봐 전전긍긍한다. 후배들에게 무언가를 알려주려 해도 잔소리처럼 비칠 것 같아 자기 검열을 하고, 결국 고민 끝에 입을 다무는 전략을 취한다. 이렇게 되면 후배 입장에서도 좋을 게 없다. 업무 지식을 습득하는 것이 더뎌지고, 소통이 단절되면 오해가 쌓일 수도 있다. 일반적으로 자신이 젊은 꼰대가 될까봐 조심하는 사람은 꼰대가 아닐 가능성이 크다. 너무 걱정하지 말고 아낌없이 주는 나무가 되어도 좋다.

나는 인생을 살면서 가장 중요한 것 중 하나가 멘토라고 생각한다. 멘토는 인생의 길잡이 역할을 한다. 내가 혼자서 모든 것을 다 할 수 있으면 좋겠지만, 그럴 수 있는 사람은 아무도 없다. 천재에게도 멘토가 필요하다. 평범한 사람들에게는 말할 것도 없다. 특히 성장하는 삶을 살기로 마음먹은 사람에게는 멘토의 역할이 중요하다. 멘토는 내가 가려는 길의 세부적인 방향을 조정해줄 수 있고, 그 길을 빠른 속도로 통과할 수 있게 도와줄 수도 있다.

멘토를 통해 내가 가지고 있는 잠재력이 극대화되는 경우도 많다. 보통의 사람들은 자신을 객관화하여 보지 못한다. 이럴 때 멘토가 몇 가지 질문을 던지면서 내가 보지 못했던 나의 가치를 이끌어내줄 수 있다. 내가 학문을 지속하고 있는 이유도 학부 때 지도교수님을 만나고 나서부터다. 학부 시절 문화연구를 전공하신 교수님 밑에서 조교로 일할 기회가 있었는데, 당시만 해도 나는 언론사에 취업하는 것이 목표였기 때문에 학문을 지속하려는 생각은 별로 없었다. 하지만 교수님과 상담하는 과정에서 내가 학문적 호기심이 있다는 사실을 깨달았고, 이는 입사 후 석사 진학으로 이어졌다. 만약 이 교수님의 도움이 없었더라면 문화연구라는 전공을 선택하지 않았을 것이고, 같은 선택을 했더라도 더 깊게 공부하지는 못했을 것이다.

좋은 멘토는 성장의 원동력이 된다. 멘토에게 가르침을 받는 것은 금융에서 레버리지를 일으키는 것과 같은 원리라고 생각한다. 내가 가지고 있지 않은 것에 대해 누군가의 도움을 빌려 효과를 극대화하는 전략이다. 비싼 돈을 지불하고 1:1 필라테스나 PT를 받는 이유도 여기에 있다. 강습을 받다보면 그동안 자신이 잘못된 방식으로 운동하고 있었다는 사실을 깨닫게 된다. 혼자 오랜 시간 잘못된 방법으로 운동하는 것보다 전문가에게 제대로 배워 운동하는 1시간이 훨씬 효율적이다. 나는 처음 요가를 시작하고 석 달 넘게 두통에 시달렸다. 미련하게 참기만 하다가 새로운 선생님을 만나 통증을 토로했는데, 어깨에 원인이 있다는 사실을 알아냈다. 그 후 선생님에게 어깨 마사지를 받고 스트레칭도 배우면서 통증이 모두 사라졌다. 만약 당시 그 선생님을 만나지 못했다면 요가를 중간에 그만두었을지도 모른다.

모든 멘토가 좋을 수는 없지만, 자신만의 좋은 선생님은 어딘가에 있다. 나에게 도움을 주려 다가오는 멘토도 있지만, 내가 먼저 다가가야 할 때도 있다. 내가 배우려는 마음을 가지고 있으면 어디선가 그들이 나타난다. 꼭 나보다 나이가 많아야 할 필요도 없다. 내가 하지 않은 경험을 먼저 해본 사람이라면 누구나 멘토가 될 수 있다. 온라인에서도 얼마든지 멘토를 만날 수 있다. 특히 자신들의 노하우를 공유하려는 사람들이 모인 유튜브에서는 멘토로 삼을 만한 분들을 쉽게 찾을 수 있다.

자신이 특정한 프레임에 갇힌 것은 아닌지 되돌아볼 필요가 있다. 나와 다른 의견을 가지고 있다는 이유로 프레임을 씌워 배척하진 않았는지 나부터 반성해본다. 그동안 프레임의 함정에 빠져 생각보다 많은 것을 놓치고 있었는지도 모른다.

✳

이직의 기술 두 가지

지금 다니는 회사에서 정체되는 느낌이 들 때 많은 직장인들이 꺼낼 수 있는 카드는 '이직'이다. 실제로 이직을 함으로써 성장의 발판을 마련할 수 있다. 기존에 하던 일과 다른 일을 하는 것, 새로운 환경에 노출되는 것, 다른 조직의 시스템을 배우는 것 등이 모두 이직으로 얻을 수 있는 성장의 기회다.

그런데 이직을 하는 것이 쉬운 일은 아니다. 가장 큰 어려움은 가고자 하는 회사에 대한 정보를 얻기가 어렵다는 점이다. 운 좋게 현직자를 만났더라도 내가 지원하는 부서의 상황까지 알고 있는 것은 아니다. 헤드헌터를 100% 신뢰하기도 어렵다. 이럴수록 나의 과제에 집중해보자.

'최종 합격'을 목표로 삼고 나머지 요인들은 합격 이후에 고려하는 것이다. 지원하기도 전에 가려는 회사의 연봉, 사람, 분위기 등을 파악하는 과정에서 지레 겁을 먹고 지원 자체를 포기하게 되는 경우가 있다. 우선 마음 가는 회사가 있다면 지원하는 것으로 방향을 잡고, 준비를 해보자. 막상 준비를 시작하면 이전에는 알지 못했던 정보들이 나에게 들어오기도 한다.

성공적으로 이직을 하기 위한 방법에는 여러 가지가 있겠지만, 나는 이직에서 가장 중요한 기본 요소는 '글쓰기'와 '말하기'라고 생각한다. 조금 뜬금없다고 생각할 수도 있다. 하지만 사실 글쓰기와 말하기는 비단 이직을 할 때뿐만 아니라 인생의 주요 기술이다. 현대 사회에서는 자신을 어떻게 표현할 것인지가 중요하다. 자신이 생각하고 있는 바를 조리 있게 말하고 글로 쓸 수 있으면 학업, 취업, 이직 모두 수월해진다. 성공적인 이직을 위해서는 자기소개서와 경력기술서로 커리어를 잘 포장해야 하고, 더불어 면접을 통해 자신을 긍정적으로 드러내는 것도 필요하다.

내가 이러한 깨달음을 얻은 건 평가자의 입장이 되어본 경험 덕분이다. 서류전형부터 면접까지, 취업준비생 때는 알 수 없었던 것들이 눈에 보였다. 피면접자만 보는 것이 아니라, 나와 같은 입장에서 면접자로 참여하는 사람들과도 의사소통을 하면서 나는 사람 보는 눈이 비슷하다는 것을 새삼스레 깨달았다. 또 어떤 기준으로 채용이 이루어지는지, 합격과 불합격의 경계가 무엇인지도 알게 되었다. 이처럼 반대편에 서보는 경험을 한 번만 해봐도 시야가 넓어짐을 느낀다.

이직을 할 때 일차적으로 중요한 것은 자기소개서다. 흔한 표현이긴 하지만 자기소개서 작성에서는 '지피지기 백전불태'라는 말이 유효하다. 실제로 상대를 알고 나를 알면 백 번 써도 백 번 다 붙는다. 크게 세 가지가 중요한데, 나는 누구인지, 그 회사는 어떤 일을 하는지, 그리고 내가 그 회사에 들어가 어떤 역할을 할 수 있을지가 그것이다.

먼저 '나'에 대한 설명이 필요하다. 여기서 '나'는 본모습의 나를 말하는 것이 아니다. 내 본모습 중 특정한 모습의 나를 끌어와야 한다. 선택의 기준은 회사에 있다. 내가 지원하는 곳의 인재상에 맞춰 나의 모습을 서술하는 것이다. 내가 아예 가지고 있지 않은 성향에 대해 쓸 수는 없다. 회사를 기준으로 하여 양파 같은 내 모습 중 한 단면을 꺼내는 것이다. 최근 한 이직자의 자기소개서를 첨삭해준 일이 있다. '융화'를 인재상으로 하는 기업인데 '리더'로서의 자기 모습을 드러냈기에 수정을 요청했다. 리더십을 발휘하는 것보다는 협동심을 강조하는 것이 더 적절해 보였기 때문이다. 굳이 리더에 대해 쓰고 싶으면, 선도하는 리더보다는 갈등을 중재하고 조정하는 역할의 리더로 포장하는 게 좋다. 결이 맞는 것이 관건이다. '나'와 '기업'의 연결고리를 잊지 말아야 한다.

'나'와 더불어 동등한 수준으로 중요한 것이 '회사'다. 같은 회사를 두 번 지원하는 것이 아니라면 회사는 매번 바뀐다. 그런데 많은 사람들이 기존의 자기소개서를 복사해서 붙여넣는다. 서류 탈락의 원인이다. '회사'에 맞춰서 '나'도 바꾸고, '나'에 맞게 '회사'도 바꿔야 한다. 나는 모든 자기소개서를 백지상태에서 쓴다. 물론 예전에 쓴 글을 참고할 수는 있지만, 복사해서 붙여넣지는 않는다. 그래야 지원하는 곳에 적합한 글이 나온다.

'회사'에 대해서는 크게 두 가지를 알아야 한다. 하나는 업종, 다른 하나는 회사 그 자체다. 예를 들어 구글이라는 회사에 지원한다면 IT와 인터넷, 콘텐츠 사업 전반을 아는 것과 더불어 구글이라는 회사 자체에 대해서도 알아야 한다. 자기소개서 작성에서 가장 품이 많이 드는 부분이다. 먼저, 업종과 회사에 대한 기사를 검색해서 현재 해당 업계의 전반적인 분위기를 파악하고, 회사가 그동안 해온 일, 앞으로 계획하는 일에 대해 공부한다. 사보가 있다면 구해서 살펴보는 것도 한 방법이다. 상장기업이라면 공시 정보도 찾을 수 있다. 경쟁업체에 대한 조사도 빼먹어선 안 된다. 경쟁사 이슈는 면접에서도 단골 질문이다. 조사를 마쳤으면 그것을 자기소개서에 써넣는다. 자기소개서의 질문에 답을 하되 그 안에 회사에 대한 이야기를 녹여내는 것이다. 이처럼 회사를 파악하고 이를 표현하는 것이 서류 합격으로 가는 첫 번째 발걸음이다.

나와 회사를 제대로 파악했다면, 내가 그 회사에 들어가 어떤 역할을 할 수 있을지는 자연스럽게 써진다. 나와 회사의 공통분모를 추출하기만 하면 되기 때문이다. 여기에서는 내가 회사에 기여할 수 있는 부분을 위주로 작성한다. 이러이러한 사업을 하는 회사에서 이러이러한 성향을 가진 나는 이러이러한 성과를 낼 수 있다고 쓰는 것이다. 채용하는 입장에서는 이 부분이 와 닿지 않으면 사람을 뽑을 이유가 없다. 시간이 가장 오래 걸리는 부분은 회사에 대한 조사이지만, 가장 중요한 부분은 입사 이후 나의 역할을 설명하는 부분이다. 내가 가려는 회사와 나의 성향이 만나는 접점을 명확하게 알아야 한다. 합격하는 자기소개서의 공통점은 여기에 있다. 자기소개서를 모두 작성한 뒤 읽어보았을 때 스스로 납득이 돼야 한다. 나부터 고개가 갸우뚱해지는 자기소개서로는 서류 전형에서 분명히 탈락한다.

이직을 할 때는 경력기술서도 중요하다. 좋은 조건으로 이직하는 직장인들은 매년, 혹은 프로젝트가 끝날 때마다 무슨 일을 했는지 정리를 해둔다. 이때 가장 중요한 것이 바로 '수치화'다. 경력기술서의 앞부분에 두세 줄 정도로 자신이 해왔던 일들을 쓰되, 수치를 중심으로 표기한다. 매출을 얼마만큼 올렸다는 내용이 주가 돼야 한다. 매출의 세부적인 내용은 첨부로 붙인다. 실적을 수치로 표기하기 어려운 직종이라면 경력을 순차적으로 나열하지 말고 중요도 순으로 배치한다. 한 페이지에 쓴다면 가장 앞부분에 주요 실적을 내세운다. 머리로는 알지만 막상 작성한 내용을 보면 뒤섞여 있는 경우가 많다. 순서만 바꿔도 더 좋은 글이 된다.

이직의 주요 기술로 뽑은 '말하기' 능력은 면접에서 발휘된다. 살면서 수많은 면접을 보고, 반대로 면접관으로 참여하면서 느낀 것이 하나 있다. 그것은 바로 두괄식으로 말해야 한다는 것이다. 질문에 대한 답을 맨 처음 한 문장으로 말하고, 그 뒤에 두세 문장 정도 논거를 덧붙이는 것이 가장 효과적이다. 물론 면접을 볼 때는 떨리기 때문에 말이 장황해지거나 미괄식이 되는 경우가 흔하다. 하지만 다른 모든 요소에 앞서 두괄식 말하기를 연습하는 것이 가장 빠르게 좋은 결과를 내는 길이다.

두괄식 외에 말하기에서 중요한 또 다른 요소로는 '비언어적 커뮤니케이션'이 있다. 비언어적 커뮤니케이션은 몸짓, 자세, 시선, 표정, 제스처, 의상 등과 같이 언어 외적인 수단을 이용한 소통을 의미한다. 인간의 커뮤니케이션에서 언어적 요소는 30%, 비언어적 요소는 70%를 차지하는 것으로 알려져 있다. 언어적으로 두괄식 말하기에 성공했다면, 나머지는 비언어적 소통에 관심을 기울일 필요가 있다. 비언어적 소통 중에서는 표정과 목소리 톤이 특히 중요하다. 표정은 밝아야 좋고, 목소리 톤은 평소 자신이 말하는 것처럼 자연스럽게 내는 것이 좋다. 면접이라고 해서 큰 목소리로 말한다거나, 딱딱한 격식체를 쓰면 듣는 사람도 부담스럽다.

면접은 내가 평가를 받는 자리이기도 하지만, 앞으로 같이 일할 선배들을 먼저 만날 수 있는 자리이기도 하다. 기본기를 다지되 부담을 내려놓자. 이런 노력의 결과로 이직을 하고 성장의 기회를 잡을 수 있다면, 혼자 노력하는 것보다 더 많은 것들을 얻을 수 있을 것이다.

대학원 무조건 합격하는 법

성장을 위해 택할 수 있는 선택지 중 하나로 대학원이 있다. 대학원을 가는 이유는 업무에서 전문성을 높이고 스펙도 쌓고 싶은 마음에서일 것이다. 학위를 따면 이직도 수월해질 것 같은 마음이 든다. 한국이 학벌 위주의 사회인 것도 한몫하겠지만, 실제로 대학원에서 얻어갈 게 많은 것도 사실이다.

대학원에서는 학원 등 기타 교육기관에서 배울 수 없는 것들을 접할 수 있다. 학원이 지식을 효율적으로 전달해주는 데 그 목적이 있다면, 대학원은 연구하는 방법을 스스로 터득해나가는 것을 목표로 한다. 대학원에서는 '논문'이라는 형식에 맞춰 글 쓰는 법을 배우는데, 논문은 스스로 문제를 설정하고 이를 해결해나가는 과정을 기술하는 것이다. 기본적으로 과제들이 주어지기도 하지만 어떤 텍스트를 얼마만큼 읽을지, 그것을 얼마나 깊게 공부할지는 전적으로 자율에 달려 있다. 과정을 마치면 '학위'를 주는 이유가 여기에 있다.

정규 교육과정이 제공하는 안정적인 커리큘럼에 '학위'도 나오기 때문에 공부를 아주 싫어하지 않는다면 석사 과정까지는 해볼 만하다고 생각한다. 나는 대학원에 지원해 석사과정 두 번, 박사과정 두 번 합격 통지를 받았는데, 연구 경력은 짧지만 대학원 입학 준비와 관련해서는 이 경험이 도움이 될 것 같아 여기서 풀어보려 한다.

대학원을 지원하는 사람들이 가장 궁금해하는 부분이 바로 교수님 사전 접촉 여부다. 결론부터 말하면 필요할 수도, 필요하지 않을 수도 있다. 연구실(랩실)이 대학원 생활의 큰 부분을 차지하는 경우에는 자대든 타대든 사전 접촉이 필요하다고 생각한다. 연구실에 소속된다는 것은 취업과 비슷한 측면이 있다. 교수 입장에서, 짧은 면접만으로는 지원자가 자신의 밑에 들어와서 일할 수 있는지 없는지 판단하기 어렵다. 지원자 입장에서도 연구실 분위기를 미리 파악할 필요가 있다. 연구실이 대학원 생활을 좌지우지하기 때문이다. 그렇기 때문에 사전에 메일을 보내 미팅을 하는 것이 안전하다. 교수님과의 사전 미팅뿐만 아니라 연구실 선배들과도 얘기해보면 좋고, 인터넷 카페 등을 통한 정보 취합도 필요하다. 학교에 따라서는 특정 요일에 연구실을 공개하기도 한다.

자대 대학원의 동일 전공에 지원하는 경우에도 웬만하면 접촉을 하는 것을 추천한다. 물론 자대 대학원에 지원한다면 합격은 어렵지 않지만, 향후 대학원 생활을 원활하게 하기 위해서다. 특히 학부 학점이 낮은 경우에는 교수님께 미리 상황을 설명하는 것이 좋다. 나는 자대 대학원에 지원했을 당시 학부 때 안면이 있던 교수님께 미리 대학원 진학을 할 거라고 말씀드렸다. 사전 접촉을 통해 나의 학문적 관심 분야가 교수님의 전공과 일치하는지 살펴볼 수 있고, 장학금 등 내가 학교로부터 받을 수 있는 혜택을 미리 확인할 수 있다.

타대 대학원에 지원하는데 자신의 전공과 일치하거나 비슷한 계열이라면 접촉이 필요 없다는 게 나의 생각이다. 특히 문과의 경우가 그렇다. 연구실이 운영되더라도 이과 대학원만큼 비중이 높지 않으면 사전 접촉 없이도 충분히 합격할 수 있다.

'학점이 낮은데 합격할 수 있을까?'라는 질문에는 '너무 낮으면 안 된다'라고 대답하고 싶다. 가령 2점대 학점은 곤란하다. 대학원은 학부에서 배운 것들을 연장한다는 의미인데, 학부 학점이 평균 C 이하면 수학 능력이 부족하다고 볼 수밖에 없다. 4.5점 만점을 기준으로 3.75 이상이면 적어도 학점 때문에 발목 잡힐 일은 없다. 문제는 애매한 학점인데, 4.5점 만점에 3.0~3.5 정도의 학점을 보유하고 있다면 학점 외의 것들을 더 준비해야 한다. 학부생 때는 공부에 별로 뜻이 없어서 학점 관리를 하지 않다가 나중에 공부를 하고 싶어지는 경우도 많다. 이 경우 실무 경력 제시 등 해당 분야와의 연결 고리를 찾는 방식으로 좀 더 어필해야 한다.

한두 개의 특정 과목에 대한 학점이 낮다는 이유로 걱정하는 친구들도 많이 보았다. 가령 미술사학과 석사 과정에 지원하는데, 학부에서 수강한 〈한국미술의 역사〉 같은 과목에서 C학점을 받았다는 것이다. 현재 시점에서 재수강이 가능하다면 학점을 높이고, 이미 졸업했다면 어쩔 수 없다. 학점은 고고익선高高益善이지만, 한 과목 때문에 당락이 좌우되지는 않는다. 오히려 그 과목 때문에 움츠러든 모습이 더 눈에 띌 수 있다. 집착을 버리는 마음가짐이 필요하다.

전공 지식을 테스트하기 위해 필기시험을 보는 학교도 있지만 보통은 구술시험 형태로 테스트한다. 구술시험은 면접에서 직접 물어본다는 뜻이다. 부담감은 비슷하다. 필기시험은 내용은 보다 심화되지만, 문제마다 시간을 안배할 수 있다는 것이 그나마 위안이다. 구술시험은 필기시험보다는 구체적이지 않아도 되지만, 지식에 순발력까지 필요하기에 긴장감은 더하다. 필기든 면접이든 전공 지식을 쌓는 방법은 동일하다. 여기서는 비전공자를 기준으로 서술해보려 한다.

먼저, 지원하려는 학교의 홈페이지에 들어가 강의계획서를 훑어본다. 강의계획서가 공개되지 않는 경우도 종종 있기는 하지만, 대부분은 공개된다. 강의계획서에 나와 있는 주교재와 부교재를 추려 목록을 만든다. 단행본과 논문이 주가 될 것이다. 이외에 해당 전공에서 '교과서' 격으로 쓰이는 책들을 찾아낸다. 학부 강의계획서를 찾아보거나 대학원을 준비하는 카페 등에 공개된 내용을 참고하여 기본서를 추려내는 것이다.

다음으로는 내가 지도교수로 삼고 싶은 교수님의 논문을 찾는다. 이와 더불어 지도교수가 지도한 학생들의 논문을 추가한다. 학술연구정보서비스RISS를 활용하면 어렵지 않게 찾을 수 있다. 자료를 확보함과 동시에 이제 그 자료를 학습해야 한다. 나는 타 전공으로 대학원에 지원했을 때 50여 권의 단행본과 그와 비슷한 수의 논문을 읽고 갔다. 엑셀 파일로 자료 목록을 정리하고, 한글 파일로 자료를 요약했다. 그저 읽기만 해서는 남는 것이 없기 때문에 중요한 부분을 나름대로 정리하거나 전체 내용을 요약해두는 것이 필요하다. 이렇게 해두면 수학계획서를 작성할 때 큰 도움이 되고, 입학 후 논문을 쓸 때도 자료를 활용할 수 있다. 이 과정을 거치고 나면 내가 잘 모르던 분야라도 기본적인 지식 틀은 갖출 수 있게 된다.

영어 시험도 난관이다. 대학원의 영어 시험은 크게 두 가지다. 공인 영어시험 점수를 제출하거나, 면접 시 그 자리에서 원서를 읽고 해석을 시키는 경우다. 토플TOEFL이나 텝스TEPS와 같은 점수를 제출하는 경우 '몇 점 이상'이라는 기준이 있는데, 그 기준대로 제출하면 된다. 높으면 높을수록 좋겠지만 기준 점수 이상이면 무방하다.

문제는 구술시험에 영어 시험이 포함된 경우다. 지문을 주고 한 문장씩 해석을 요구하거나, 내용을 요약하는 문제가 출제된다. '용어'에 익숙해지는 것이 중요하다. 전공 기본서를 원서로 읽거나 해외 학술지를 통해 모르는 용어를 정리한다. 같은 단어라도 해당 분야에서 다른 뜻으로 쓰이는 경우가 있으므로 잘 정리해야 한다. 실제로 한 문장씩 읽고 해석하는 시뮬레이션을 해보는 것도 도움이 된다. 대학원에서는 실제로 영어로 된 텍스트를 많이 접하기 때문에 입학 시 영어 능력을 검증하는 것은 당연한 일이다. 입학 후 원서를 읽는 데 어려움을 느끼지 않기 위해서라도 미리 공부한다는 생각으로 영어 공부에 시간을 투자하는 것이 좋다.

대학원 지원에서 가장 중요한 부분은 수학계획서다. 수학계획서로 다른 모든 요인을 뒤엎을 수 있다. 수학계획서는 지원하기 최소 3개월 전에 구상을 시작하는 것이 좋다. 외국 대학에 지원하는 경우에는 6개월 전부터 준비하기도 한다. 그만큼 중요하기 때문이다. 인터넷 원서접수가 시작되고 나서 수학계획서를 쓰기 시작하는 지원자들도 있는데, 그때는 마음도 급하고 작성할 수 있는 시간도 짧아 좋은 글이 나오기 어렵다. 미리 준비한 뒤 주변에 있는 석사, 박사 학위 소지자에게 보여주고 첨삭받는 것을 추천한다.

기본적으로 담아야 할 내용은 자기소개, 지원동기, 연구주제, 향후진로다. 여기서 가장 중요한 것은 지원동기와 연구주제다. 이 내용으로 80%가량을 채우면 된다. 자기소개나 향후진로 부분은 앞뒤로 간략하게 언급하는 정도로 끝내도 된다. 지원동기는 솔직하게 서술하되, 직업적 측면보다는 학문적 호기심에 초점을 맞춰 쓰는 것이 좋다. 대학원은 기본적으로 공부를 하러 가는 곳이기 때문에 '취업을 하기 위해서'보다는 '해당 분야에 학문적 호기심이 생겨서'라고 서술하는 것이 바람직하다. 가장 중요한 것은 입학 후 어떤 세부 분야를 선택해 어떤 주제의 논문을 쓸 것인지다. 연구주제를 서술할 때 필요한 것이 앞서 정리한 전공 지식이다. 전공 내용을 살피다보면 내가 원하는 주제를 찾게 된다. 전공 지식을 정리한 부분을 선행연구로 언급하고, 이를 발전시켜 쓰고 싶은 논문 주제를 서술하면 된다. 나의 경우 대체로 두 가지 정도의 연구주제를 언급했다. 이 부분은 지도교수의 관심 분야도 고려하는 것이 바람직하다. 해당 분야의 논문을 지도해줄 사람은 결국 그 학교의 지도교수이기 때문이다. 교수의 관심사와 완전히 일치하지는 않아도 괜찮지만, 너무 생뚱맞은 주제를 언급하는 것은 피해야 한다.

면접에서는 지원동기와 연구주제 두 가지가 중요하다. 이 두 질문에 대해 논리적으로 답변할 수 있다면 팔부능선을 넘은 격이다. 수학계획서에 썼던 내용을 구어로 풀어서 설명하면 된다. 이 질문에 앞서 자기소개를 시키는 경우도 있다. 1분 이내로 짧게 준비하면 충분하다. 자기소개에 지원동기를 넣어서 말하는 것을 추천한다. 전공을 변경한 경우 왜 해당 전공을 선택하게 되었는지 잘 설명할 수 있어야 한다. 경력이나 학위 취득 후의 계획에 대해서도 질문이 나올 수 있다. 자신이 수학계획서에 작성한 내용을 면접장에서 다시 말하는 느낌으로 구술하면 된다.

영어 '공부' 그만하자

한국 사회에 살면서 영어로부터 자유로운 사람은 거의 본 적이 없다. 한국 사람들은 태어나자마자 영어의 올가미에 갇힌다. 부모는 이제 막 걷기 시작한 자녀를 영어 유치원에 보낼지 말지 선택해야 하고, 영어권 국가에 거주한 경험은 최고의 스펙처럼 칭송받는다. 대입이 끝나도 영어의 속박에서 벗어날 수가 없다. 강남역 인근의 토익 학원은 언제나 문전성시를 이룬다. 토익 일타강사의 부교재 하나 사려고 건물 두 바퀴를 빙빙 돌아 줄을 선다. 영어를 주로 사용하는 회사든 아니든 토익 점수를 제출해야 한다. 이직할 때도 마찬가지다. 이직 준비가 곧 영어 공부라고 생각하는 사람들도 많다. 이러한 분위기 때문에 직장인들이 자기 계발이라는 단어를 떠올릴 때 영어는 연관검색

어처럼 따라붙는다. 손에 잡히는 목표가 없어도 습관적으로 영어회화 애플리케이션을 켜고, 영어 유튜브 채널의 구독 버튼을 누른다.

그런데 자문해보자. "왜 영어 공부를 해야 하는가?" 공통의 이유로는 먼저, 영어 말하기는 자유로운 의사소통을 돕는다. 영어를 잘하면 업무를 수행할 때는 물론이고 해외여행을 가서도 외국인과 자유롭게 이야기할 수 있다. 또 다른 이유는 영어로 된 정보를 얻기 위해서다. 애초에 한글로 작성된 정보도 있지만, 양질의 정보 중 한글로 번역되어 있는 정보는 한정적이다. 영어로 된 텍스트를 편하게 읽을 수 있다면 습득할 수 있는 정보의 양이 기하급수적으로 늘어난다. 특히 인터넷상의 정보는 대부분 영어로 유통된다.

하지만 이것들 외에 취업 이후에도 영어 공부를 지속하고자 한다면 영어가 어떤 쓸모가 있는지 생각해볼 필요가 있다. 자신만의 이유를 찾아야 보다 효율적으로 영어에 시간을 할애할 수 있다.

나는 영어 학습에는 '공부'와 '사용' 두 가지 측면이 있다고 생각한다. 모국어가 아닌 언어를 습득하려면 일차적으로 '공부'가 필요하다. 일정 수준 공부를 했다면 다음은 '사용'에 초점을 맞춰야 한다. 그런데 이미 영어를 잘하는 사람들이 사용의 단계로 넘어가지 않고, 계속해서 공부의 영역에 머무르는 경우를 많이 보았다. 꾸준히 영어 공부를 하지만, 실력이 늘지 않는다는 느낌을 받는 이유가 여기에 있다. 대부분의 경우 이미 영어를 잘하는 것이다. 그런 사람들은 이제 영어 실력을 늘리는 것보다 실제 사용 빈도를 높이는 단계로 넘어가자.

공부를 해야 하는 단계인지 사용을 해야 하는 단계인지는 스스로 잘 알 것이다. 가령 900점 이상의 토익 점수를 받아본 적이 있고, 해외여행을 갔을 때 일상회화가 가능하다면 공부의 단계는 넘어섰다고 봐야 한다. 이런 사람들은 영어를 쓰는 환경에 자신을 지속적으로 노출시키는 전략이 필요하다. 반면 영어를 잘하고 싶은 마음은 있지만 의사소통이 어렵다면 영어 공부를 통해 실력을 키워야 한다. 아시아인이 영어를 습득하려면 서양인이 영어에 노출되는 시간의 몇 배 이상이 필요하다고 한다. 그만큼 한계가 있는 게 사실이다. 그러나 웬만한 수준의 영어 실력을 갖는 것은 누구나 가능하다.

'공부'의 단계에 있는 사람들에게는 나의 경험이 도움이 될 수 있을 것 같다. 나는 대학교 4년 내내 영어 과외로 생계를 유지했다. 하위권부터 최상위권 학생까지 지도했는데, 영어 내신 점수가 50점이었던 학생을 90점까지 받게 도와줬고, 이미 1등급이었던 학생은 수능에서 만점을 받았다. 영어권 국가에 체류

한 경험이 전혀 없는 내가 누군가를 가르치는 수준에 이를 수 있었던 것은 그저 노력이 뒷받침됐기 때문이다. 그 노력의 방향을 공유하려 한다.

내가 생각하는 가장 효과적인 영어 공부 방법은 문법을 먼저 숙지하는 것이다. 언어의 골격을 제대로 파악하는 것이 실력 향상의 밑바탕이 되기 때문이다. 영문법을 전반적으로 다루는 교과서 같은 교재를 하나 정해서 찬찬히 학습해보자. 독학도 괜찮다. 왕래발착동사나 가주어같이 한자어로 된 용어들이 어렵게 느껴질 수도 있는데, 이 또한 습득하는 것이 좋다. 한자어는 그 문법 요소를 지칭하는 의미를 충분히 포괄하고 있다. 한자어 때문에 영문법을 어렵게 생각할 필요는 없다.

문법의 틀을 깨우쳤다면 다음으로는 단어가 중요하다. 다른 나라 말을 배우는 데 있어서는 우리말과 대응하는 단어를 최대한 많이 아는 것이 도움이 된다. 나는 단어를 외울 때 주로 어원을 유심히 살펴봤다. 같은 어원에서 파생된 단어를 여럿 알고 있다면, 모르는 단어와 마주쳐도 대략 뜻을 유추할 수 있다. 단어를 암기할 때에는 예문을 함께 살펴보자. 예문 전체를 달달 외우진 못하더라도 그 단어가 어떤 뉘앙스로 쓰이는지 파악해보는 것이다. 뉘앙스 차이를 구분하는 것이 영어 학습의 관건이다. 단어를 암기하는 과정에서 듣기 공부를 병행하는 것도 좋다. 단어와 예문이 어떻게 발음되는지를 확인하고, 이를 스스로

발음해보며 학습한다. 모르는 단어는 들리지 않는다.

이후로는 영작인데, 한국의 영어 교육과정에서 영작을 학습할 기회는 많지 않다. 되돌아보면 공교육에서 영작을 배운 기억이 거의 없다. 영작이 어려운 이유를 모국어인 한국어에 빗대 살펴볼 수 있다. 모든 한국인은 한국어로 의사소통이 가능하지만, 스스로 글을 잘 쓴다고 자신할 수 있는 한국인은 인구의 절반도 안 될 것이다. 영작도 마찬가지다. 영어를 모국어로 한다고 해서 모두 영어로 된 글을 잘 쓸 수 있는 것은 아니다. 영작이 중요한 이유는 영작을 할 수 있는 사람은 회화도 할 수 있기 때문이다. 영어로 일기를 썼더니 갑자기 회화가 가능해졌다는 말이 거짓이 아니다. 영작을 가장 효율적으로 배울 수 있는 방법은 개인 교사가 내 문장을 직접 수정해주는 것이다. 하지만 비용이 많이 들기 때문에 나는 주로 토플 라이팅 교재와 영문 기사 쓰기 교재로 독학했다. 좋은 문장을 통째로 암기하는 방법이 무식하지만 가장 효과적이다.

공부 단계를 거친 사람에게는 '사용'의 단계가 남는다. 나를 비롯해 많은 직장인들이 이 단계에 속해 있을 것 같다. 내가 요즘 사용하는 방법은 영어로 된 책과 기사를 읽는 것이다. 따로 시간을 내서 영어 공부를 하기가 어렵기 때문에 이 방법을 사용한다. 회화는 문장 패턴을 익힐 수 있는 책을 사서 혼자 연습한다. 전화 영어는 대화가 반복되는 느낌이 있어 지금은 하지 않지만, 좋은 튜터를 만나 꾸준히 지속할 수 있다면 '사용'에 가장 특화된 방법이라고 생각한다. 언어는 '즉시성'이 중요하다. 내가 언어에 대한 지식을 가지고 있어도 그게 반사적으로 튀어나오지 않으면 쓸모가 없다. 별생각 없이도 한국어를 내뱉을 수 있는 것처럼 언어의 즉시성이라는 특성을 인지한 채 연습을 하다보면 필요한 순간에 영어로 말을 할 수 있게 된다.

스스로 영어 학습의 목표를 잘 알고 있어야 한다. 영어 점수가 필요한 사람들은 목표 설정이 어렵지 않다. 해당 시험의 목표 점수만 달성하면 되기 때문이다. 하지만 점수 획득만으로 영어 인생이 끝나는 사람은 거의 보지 못했다. 내 의지와는 상관없이 영어는 평생 함께해야 할 과제인지도 모른다. 단지 '영어를 좀 더 잘하고 싶다'라는 추상적인 목표에서 벗어나 자신이 영어를 통해 달성하고자 하는 세부적인 목표를 재설정하자.

누군가는 해외여행에서 새로운 외국인 친구들을 만나 자유롭게 이야기하고 싶을 수 있고, 다른 누군가는 미국으로 유학을 떠나는 것이 목표일 수 있다. 자신이 근무하는 매장에 외국인이 방문했을 때 자연스럽게 응대하는 것, 비즈니스 영어를 완벽하게 구사하는 것 등을 목표로 삼아도 좋다. 나는 개인적으로 내 전공 분야의 영어 논문을 작성할 수 있을 정도의 실력이 목표였다.

그런데 사실, 이 모든 것에 앞서 중요한 것은 자신만의 콘텐츠다. 영어로 할 말이 잘 떠오르지 않는 것이 단순히 영어의 문제가 아니라, 콘텐츠가 부족한 것이 원인은 아닌지 생각해볼 필요가 있다. 일상회화, 아카데믹 잉글리시, 비즈니스 잉글리시 등 상황에 따른 영어는 모두 다르다.

나는 공공기관 재직 중 포르투갈의 한 기관으로 3개월간 파견을 간 적이 있었다. 포르투갈은 포르투갈어를 쓰지만 기관 사람들 대부분이 영어에 능통했다. 나는 업무 시간에는 나름대로 대화를 잘 이어나갔다. 일적인 부분에서는 할 말이 많았기 때문이다. 반면 사람들과 밥을 먹으면서 일상적인 대화를 할 때는 자주 흐름이 끊겼다. 주제가 있는 대화에는 그나마 자신이 있었지만, 자유롭게 이야기하는 상황에서는 어려움을 겪었다.

할 말이 명확하게 있는 상황에서는 누구나 영어로 자신이 하고자 하는 말을 표현해낼 수 있다. 어떤 사안에 대한 나의 생각과 논리가 명확하다면, 영어는 도구로서 기능할 뿐 방해 요소가 되지 못한다.

✳

덕업일치

대학 시절, 영화 쪽으로 진로를 잡은 친구가 봉준호 감독 이야기를 한 적이 있다. 영화 〈괴물〉이 흥행에 성공했던 즈음이 었다. 그 친구는 봉준호 감독같이 재능이 넘치는 사람도 생계가 걱정돼 제과제빵 학원을 등록할까 알아봤다는데, 자신은 재능 도 없으면서 왜 영화를 시작했는지 모르겠다고 했다. 나는 불안 해하는 그 친구에게 "너도 계속 버티면 봉준호처럼 성공할 수 있다" 정도의 말을 건넸던 것 같다. 그런데 나도 그 친구와의 대 화 이후 힘든 일이 있을 때마다 자꾸 봉준호 감독이 떠올랐다. 중간에 포기하고 싶은 마음이 들면 낮엔 빵을 굽고 밤엔 영화 를 찍는 봉준호 감독의 모습을 혼자 상상했다. 나중에 알고 보 니 봉준호 감독이 제빵 학원에 다니며 자격증 준비를 했었다는 말은 와전된 것이었지만, 영화 〈기생충〉으로 오스카 4관왕에 오른 그의 모습을 보며 좋아하는 일을 끈기 있게 수행하는 것이 중요하다는 생각이 더욱 굳어졌다.

성공한 사람들의 이야기에는 공통점이 있다. 바로 '좋아하는 일'을 '끈기 있게' 수행했다는 점이다. 이것이 중요한 이유는 좋아하는 일이 우리에게 지치지 않는 힘을 주기 때문이다. 사람은 누구나 자율성이 동반되지 않는 일에는 쉽게 싫증을 느낀다. 반면 자신이 원해서 하는 일에는 어느 정도 끈기를 가질 수 있다. 물론 좋아하는 일이라고 할지라도 직업이 되거나 억지로 해야 하는 순간이 온다면 싫어질 수도 있다. 그럼에도 다른 일들과 비교했을 때 자신이 좋아하는 일은 일정 수준의 지속성을 담보할 수 있다.

좋아하는 일을 지속하다보면 우연한 기회가 찾아온다. 아직 경험을 해보지 못했다면 꼭 이러한 기분을 느껴보기를 바란다. 예를 들어 블로그에 지속적으로 글을 쓰고 있었는데, 출판이나 강연 제안이 들어온다면 무척 힘이 날 것이다. 유튜브 채널을 개설한 뒤 몇 달간 구독자 수가 늘지 않다가 갑자기 추천 동영상에 뜨는 일도 있을 수 있다. 이렇게 작은 우연이 모여 큰 성취가 된다. 꾸준하게 몰입을 지속하다보면 어느 순간 시장의 상황과 나의 노력에 접점이 생기는 순간이 반드시 온다. 그때까지는 그냥 버티는 것이다. 10년이 될 수도, 20년이 될 수도 있다. 운이 좋으면 당장 올해가 될 수도 있다. 언제 잘될지는 아무도 모른다. 철학자 데카르트의 말처럼, 천천히 걷는 사람일지라도 곧은길을 계속 가면, 뛰면서 그 길을 벗어나는 사람보다 훨씬 더 전진할 수 있다.

사람들은 대부분 자신의 노력에 대한 보상을 빨리 얻고 싶어 한다. 그 마음을 이해 못하는 것은 아니다. 하지만 밥이 되었는지 확인하려고 밥솥을 자꾸 열어보면 밥이 설익는다. 자신을 빨리 세상에 드러내놓고 싶은 마음은 알겠지만, 모든 일에는 시간이 필요하다. 나는 '1만 시간의 법칙'이라는 말을 좋아한다. 어떤 한 가지 일을 1만 시간 정도 하면 전문가가 될 수 있다는 것이다. 하루 3시간씩 훈련할 경우 약 10년, 하루 10시간씩 투자할 경우 3년이 걸린다. 회사에 다니는 것 외에 한 가지 일로 1만 시간을 넘기기는 생각보다 쉽지 않다. 시간의 양과 더불어 질도 중요하다. 몰입하면서 보낸 1만 시간이 있다면 그 노력은 빛을 발하게 될 것을 확신한다.

누군가는 열심히 했는데 성과가 없었다고 주장할 수 있다. 그런데 노력이라는 게 자신이 생각한 수준과 사회가 원하는 수준에 차이가 있는 경우가 있다. '나는 이만큼 노력했는데 세상이 왜 날 알아주지 않지?'라는 불만은 여기서 생겨난다. 주관적인 노력과 객관적인 노력은 다르다. 시장에 나와보지 않으면 자신의 노력이 어느 정도 위치인지 알 수 없다. 이미 성취를 이룬 사람들은 자신이 노력한 부분에 대해 구구절절 말하지 않는다. 그 모습을 보고 노력하지 않았다고 오인하는 경우도 흔하다. 실제 성취를 이룬 사람들이 얼마나 노력하는지 객관적인 측면에서 자각해야 한다.

아직 좋아하는 일을 찾지 못했더라도 실망할 필요는 없다. 다양한 경험을 해보는 과정에서 자신이 좋아하는 일을 찾을 수 있다. 아주 조금이라도 관심이 가는 분야가 생긴다면 일단 해보는 것을 추천한다. 취미로 접근하는 것이 아니라 내가 좋아하는 일을 찾겠다는 마음으로 접근하는 것이다. 요즘은 다양한 온라인 강의 플랫폼이 생겨 관심 있는 분야에 쉽게 접근할 수 있다. 예전에는 접하기 어려웠던 전문가들의 강의를 무료로 제공하는 곳도 많다. '원데이 클래스' 같은 수업도 활용해볼 수 있다. 수업을 수강하면서 흥미가 생기는지 가늠해보는 것이다.

처음부터 원데이 클래스가 아닌 '전문가 과정'으로 시작하는 방법도 있다. 가령 꽃꽂이를 배우고 싶다면 문화센터 강좌를 수강하는 것이 아니라, 화훼장식기능사나 플로리스트 자격증반에 등록하는 것이다. 나는 퇴사를 1년 정도 앞두고 디자인을 배우기 시작했다. 평소 관심 있는 분야이기도 했고, 앞으로 어떤 일을 하더라도 디자인을 접목할 수 있으리라 판단했기 때문이다. 디자인을 배우기 위해 사이버대학교 디자인공학과에 입학했고, 디자인 학원의 전문가 과정을 수강하기 시작했으며 동시에 입시미술 학원까지 다녔다. 온라인 강의도 신청해 수강을 완료했다. 이렇게 일을 벌여놓으면 마음가짐이 달라진다. 시간과 돈이 들어가기 때문에 절대 대충할 수 없다. 이러한 방법은 내가 쉽게 포기할 수 없도록 나 자신을 코너에 몰아넣는 것이기도 하다.

요즘에는 이러한 일들을 '사이드 프로젝트' 같은 명칭으로 부른다. 자신이 좋아하는 일이 본업이 아니라면, 다양한 사이드 프로젝트를 수행하면서 제2의 길을 모색하는 것이다. 퇴사는 부담스러운 측면이 있기에 회사를 다니면서 부업으로 할 수 있는 일들에 초점을 맞추는 방식이다. 아는 정치부 기자 중 한 명은 국회에 출입하면서 국회에서 일어나는 크고 작은 일들을 영상으로 찍어 유튜브에 올린다. 날것의 영상을 제공하는 콘셉트이기에 편집도 거의 필요 없다. 기사만 쓰는 것보다 더 생생하고, 실제 사람들이 궁금해하는 정보도 들어 있다. 인테리어 디자이너가 소품 숍을 운영한다든지, 주부가 떡 케이크를 만들고 클래스를 운영한다든지 하는 시도도 가능하다. 사이드 프로젝트가 성공하면 본업을 그만두고 부업을 본업으로 전환할 수도 있다. 자신의 능력만으로도 일을 수행할 수 있기 때문에 타인에게 고용될 필요도 없다.

이런 식으로 어떤 분야의 준전문가가 되면 취미로도 먹고 살 수 있는 경지인 '덕업일치'로 향한다. 덕업일치란 어떤 분야를 너무나도 좋아해 그와 관련된 것들을 파고드는 일, 즉 '덕질'을 자신의 직업으로 삼은 사람들을 일컫는다. 취미를 전문화하는 것이 덕업일치의 길이다. 덕업일치를 이뤄낸 사람들을 보면 공통적으로 행복해 보인다. 실제로 많은 사람들이 꿈꾸는 방향이기도 하다. 이미 '오타쿠'나 '장인'처럼 한 분야를 파고든 전문가가 각광을 받고 있다. 앞으로는 더욱 그럴 것이다. 제너럴리스트보다는 스페셜리스트가, 스페셜리스트 중에서는 두 개 이상의 분야를 융합한 전문가에게 시선이 집중될 것이다.

글을 쓰다가 봉준호 감독이 제빵 학원을 다녔다는 '오보'를 전해준 친구 이름을 포털 사이트에 검색해보았다. 친구의 이름과 생년월일 옆에 '영화감독'이라는 단어가 눈에 띄었다. 시작은 미미했을지라도 노력은 복리처럼 불어나 어느샌가 태산을 만든다.

✳ 성장의 기본은 체력

앞서 성장에는 크게 세 가지 방향이 있다고 했다. 신체적 측면, 정신적 측면, 지적 측면이 그것이다. 모두 중요하지만 가장 기본은 바로 신체적 성장이다. 체력이 기본 바탕이 되어 있지 않다면 정신적 측면의 성장이나 지적 측면의 성장은 달성하기 어렵다.

20대에는 체력의 중요성을 인지하지 못했다. 체력이 좋았기 때문이다. 새벽까지 놀아도, 과제로 밤을 새워도, 동에 번쩍 서에 번쩍 해도 아무렇지 않았다. 대학교 1, 2학년 때는 월요일부터 금요일까지 수업을 1교시로 몰아넣고, 새벽에 종로에 있는 영어 학원에 들렀다가 학교로 출발하곤 했다. 첫 직장은 출근이 7시까지였는데, 일주일에 세 번 이상은 새벽 2시까지 회식을 했다. 그러고도 별 탈 없이 다녔다.

첫 직장을 그만두고 나서 체력이 급속도로 하락했다. 내가 없는 체력을 당겨 썼다는 사실을 깨달았다. 운동을 꾸준하게 하지 않았던 것도 영향을 미쳤다. 체력이 떨어졌다고 느낄 때마다 한 번씩 헬스장에 등록했지만, 조금 괜찮아지면 운동을 접곤 했다. 회사에서 이래저래 시달렸던 게 영향을 미쳤겠지만 단순한 피로감을 넘어 몸이 아프다는 느낌이 들었다.

그래서 달리기를 시작했다. 처음에는 애플리케이션에 기록하는 재미로 시작했는데, 하면 할수록 나에게 잘 맞는 운동이라는 생각이 들었다. 한 번에 5km에서 10km를 뛰었다. 마라톤 대회에 나가기도 했다. 풀코스까지는 아니더라도 하프코스를 뛰어보고 싶은 목표가 생겼다. 평소에도 연습을 해야겠다는 생각이 들었다.

연휴였던 어느 날, 여느 때와 같이 달리기를 하러 한강으로 갔다. 그런데 달리기를 시작한 지 얼마 지나지 않아 커다란 돌부리에 걸려 넘어졌다. 넘어지는데 몸이 공중으로 붕 떴다. 일어나려고 했지만, 일어날 수 없었다. 주변에 사람들이 몰려들었다. 자전거를 타고 있던 분이 나를 뒤에 태우고 차가 다니는 곳까지 옮겨주셨고, 미리 기다리고 계셨던 아버지와 함께 차를 타고 응급실로 갔다. 엑스레이를 찍었는데 별문제가 없다고 해서

집으로 갔다. 다음 날이 되었는데 걸을 수도, 앉을 수도 없었다. 하루 연차를 냈다. 하지만 이틀 뒤에도, 삼일 뒤에도 움직일 수가 없었다. 다시 종합병원에 가서 CT를 찍었다. 골반이 부러졌으니 당장 입원해야 한다고 했다.

종합병원의 오진도 황당했지만 뛰다 넘어져서 골반이 부러졌다는 사실 자체를 믿을 수 없었다. 체면이고 뭐고 그 자리에서 엉엉 울었다. 너무나도 억울했다. 골반은 깁스가 불가능한 부위이고, 수술 또한 안 되기 때문에 가만히 누워서 뼈가 붙길 기다려야 한다고 했다. 4주간 꼼짝없이 천장만 보고 누워있었다. 5주차부터는 옆으로 눕는 것까지는 가능해졌다. 회사는 두 달 넘게 못 갔다.

인생에서 처음으로 크게 다치는 경험을 하면서 건강에 대해 다시 한 번 생각해보았다. 첫 회사를 그만둔 이후부터 조금씩 체력이 중요하다는 생각을 하긴 했는데, 20대 후반에 겪은 이 사건을 계기로 더욱 명백해졌다. 병상에 멍하게 누워 천장을 바라보며 그동안 쉼 없이 달려왔던 시간을 복기했다. 20대 내내 넘치는 열정 때문에 내 몸이 고생했다는 생각이 들어 미안해졌다. 영혼은 몸의 영역 안에서만 존재할 수 있는 것인데 그동안 몸을 외면한 채 달려왔다. 남들은 다 아는 사실을 뒤늦게 깨달았다. 건강이 가장 중요하다.

달리기는 다쳤던 기억 때문에 다시 하기가 어려웠다. 이후 헬스, 수영, 필라테스, 등산 등 여러 운동을 전전했다. 지속적으로 할 수 있는 운동을 찾고 싶었는데 마음이 가는 운동이 없었다. 그러다 예전에 하던 요가를 다시 해볼 기회가 생겼다. 예전에는 동작에 집중했다면, 다시 시작했을 때는 명상에 마음이 갔다. 결국 좋은 선생님을 만나 요가에 정착해 지금까지 꾸준히 수련하고 있다.

몸을 단련하면 마음 건강까지 챙길 수 있다. 명상 수련이 기본인 요가뿐만이 아니다. 몸을 움직이는 운동 모두가 마음 챙김과 연관된다. 우울증 환자에게 약보다 더 치료에 효과적인 것은 땀을 흠뻑 흘릴 정도의 운동이라고 한다. 물론 우울증에 걸린 상태에서 격렬한 운동을 하는 것은 쉽지 않은 일이지만, 시작만 한다면 기분 향상에 도움이 될 것이 틀림없다. 꼭 우울증까지는 아니더라도 누구나 운동을 통해 기분이 상쾌해지는 경험을 해보았을 것이다. 신체적인 활동은 일상에서 기분을 좋게 유지하는 데 큰 도움이 된다.

신체 측면의 성장을 이루기 위해서는 운동과 더불어 체중 관리도 필수다. 자신에게 적정한 체중을 유지하는 게 건강에 도움이 되기 때문이다. 운동과 체중은 높은 상관관계가 있지만 운동을 열심히 한다고 해서 체중 관리가 되는 것은 아니다. 적절한 체중을 유지하기 위해서는 식단 관리를 병행해야 한다. 나는 중학교 2학년쯤 키가 다 자라 현재의 키가 되었는데, 이때 이후 20년 동안 몸무게가 거의 동일하다. 여러 요인이 있겠지만 식단이 가장 큰 영향을 미쳤을 것이다. 나는 쌀밥 등 탄수화물은 제한적으로만 섭취하고, 단백질 위주의 식사를 한다. 평소에 쌀밥이나 밀가루를 적게 섭취하는 습관을 들이니 탄수화물이 당기는 일이 거의 없다. 뭐든지 억지로 참는 것에는 한계가 있다. 실제로 찾지 않게 습관을 만드는 것이 중요하다.

체중 유지의 또 다른 비법 중 하나는 '걷기'다. 나는 감가상각이 커서 자가용을 구매하지 않았는데, 결과적으로는 몸을 많이 움직이게 되는 요인으로 작용했다. 대중교통을 이용하면 생각보다 많이 걷게 된다. 지하철역까지 걸어가고, 갈아타고, 또 목적지까지 가는 길이 짧지 않다. 걸어서 1시간 정도 거리면 대부분 걷는 것을 택한다. 따로 시간을 내어 운동을 하기 어렵다면 '걷기'를 통해 운동량을 확보할 수 있다.

수면 또한 건강에 중요한 요소다. 아무리 운동을 많이 하고 식단 조절을 잘한다 한들, 숙면을 취하지 못하면 사람은 건강해질 수 없다. 나도 잠을 잘 자는 편은 아니어서 그동안 숙면을 취하기 위한 다양한 방법을 시도해보았다. 침실의 환경을 조금만 바꿔줘도 가벼운 불면증은 치료된다. 요즘은 침대에 누웠는데 잠이 잘 오지 않으면 '요가 니드라'를 한다. 요가 니드라는 명상법의 한 종류로, 심신의 이완을 유도하여 안정적인 상태에 이르도록 도와준다. 온몸에 힘을 빼는 연습이라고 보면 된다.

자신이 몇 시간을 자야 상쾌한 사람인지 파악하는 것도 필요하다. 미국수면의학협회와 수면연구회는 성인을 기준으로 7시간 이상의 수면을 권장하고, 대한수면학회 역시 하루 6~8시간 수면을 권고한다. 그런데 9시간을 자도 피곤한 사람이 있는가 하면 5시간만 자도 활기찬 사람이 있다. 자신의 몸을 관찰하면서 몇 시간을 자는 것이 가장 편안한지 파악해보고, 매일 그 수면 시간을 지키려고 노력해야 한다. 최상의 컨디션으로 일상생활을 하는 것도 행복 중 하나다.

자신에게 맞는 방법으로 신체적 성장을 일구어나가는 것이 필요하다. 방법은 제각기 다를 수 있지만, 신체적 측면의 성장은 방향이 정해져 있는 것과 다름없다. 신체적 성장을 기본으로 하여 정신적 측면과 지적인 측면의 성장을 이루어나가야 한다.

✳

나를 어떻게 브랜딩할 것인가

나는 일적인 정체성에 크게 세 가지가 있다고 본다. 회사원으로서의 정체성, 프리랜서로서의 정체성, 그리고 사업가로서의 정체성이다. 회사원으로서의 정체성은 누군가에게 고용되어 일정한 시간에 내 노동을 제공하는 대가로 급여를 받는 것을 편안하게 생각하는 성향이다. 그런데 현재 회사원으로 살고 있다고 해서 모두가 회사원으로서의 정체성을 가지고 있는 것은 아니다. 회사 이름과 직책을 떼고 실력으로 승부하고자 하는 사람은 프리랜서의 정체성을 가지고 있다고 볼 수 있다. 프리랜서는 집단이나 회사에 전속되지 않고 계약에 의하여 노동력을 제공한다. 이런 방식의 노동을 선호하고 'N잡러'가 되는 것을 추구하며, 회사로부터 독립 의지가 있다면 프리랜서로의 정체성을 추구하고 있다고 봐야 한다. 사업가 정체성은 타인을 고용하여 자본을 창출하는 시스템을 만들고자 하는 성향을 말한다. 경제적 자유를 달성할 가능성이 가장 높은 성향이기도 하다. 물론 사업체를 운영하고 있더라도 일정한 시간에 직접 노동을 해야만 한다면 직장인의 정체성에 가깝다.

자신의 일적인 정체성이 무엇인지 한번 생각해보자. 일의 형태는 계속해서 바뀌지만, 의외로 일적인 정체성은 고정적인 경우가 많다. 정체성은 자신의 머릿속에 고정된 본질적인 생각이기 때문이다. 나는 사회생활을 시작한 초반부터 막연하게 프리랜서의 정체성을 가지고 있었던 것 같다. 기자가 되고 싶다는 열망은 강렬했지만, 나이가 들어서도 조직에 속하고 싶지는 않았다. 기자라는 타이틀을 가지고 다른 일들을 해보고 싶었다. 언론사에 입사하자마자 세금 혜택을 주는 연금저축에 가입했는데, 납입 기간을 10년으로 설정한 것도 이 같은 이유에서였다. 당시에는 10년 뒤 내가 무엇을 하고 있을지 전혀 알 수 없었지만 적어도 회사원의 모습을 상상하지는 않았던 것 같다.

실제로 평생직장의 개념은 빠른 속도로 사라지고 있다. 미래학자들은 빠른 시일 내에 긱 경제Gig Economy가 올 것으로 예측한다. 긱 경제는 필요에 따라 사람을 구해 임시로 계약을 맺고 일을 맡기는 형태의 경제 방식으로, 이 경제 체제에서는 전통적 개념의 기업 봉급체계가 무너지고 단기계약 형태의 일자리가 늘어난다.

이러한 긱 경제를 대비할 방법은 무엇일까. 정년이 보장되고 이후에도 연금 소득을 얻을 수 있는 공무원이 먼저 떠오를 수 있겠다. 불안정한 시대일수록 많은 사람들이 안정적인 공무원을 꿈꾼다. 문제는 높은 경쟁률 때문에 실제 합격이 어렵다는 점이다. 합격 이후의 업무적인 어려움은 차치하고서라도 우선 공무원이 되는 것 자체가 하늘의 별 따기다.

나는 공무원 시험에 합격할 자신이 없다면 회사원보다는 프리랜서나 사업가가 되는 것이 장기적으로 안정성을 높이는 방법이라고 생각하는데, 대개의 경우 회사 안에서의 능력은 시장 밖에서 무용지물이 되기 때문이다. 어딘가에 고용되지 않아도 살아남을 수 있는 나만의 무기가 있다면 불안정성은 낮아진다. 요즘 많은 직장인이 꿈꾸는 '디지털 노마드'도 가능하다. 내가 능력만 있다면 내가 원하는 장소에서 일하면 된다. 이러한 상태가 진정한 의미에서의 안정성 아닐까.

또한 긱 경제에서는 개개인이 상품화되어 몸값이 매겨지기 때문에, 누구나 자신을 브랜드화할 필요가 있다고 생각한다. '퍼스널 브랜딩'이 잘되어 있는 사람과 그렇지 않은 사람은 점점 격차가 커질 것이다. 그러므로 우리는 지속적으로 성장을 향해 나아가되, 방향에 일관성을 가져야 한다. 콘셉트가 명확한 브랜드가 사람들에게 쉽게 각인되는 것과 같은 이치다.

퍼스널 브랜딩을 위해서는 에밀리 와프닉이 《모든 것이 되는 법》에서 소개한 네 가지 직업모델을 참고해볼 만하다. 이 직업모델들은 일의 형식적 측면을 설계하도록 도와준다.

첫 번째 직업모델은 '그룹허그 접근법'으로, 한 가지 직업에서 돈, 의미, 다양성을 모두 추구하는 방식이다. 앞서 소개한 덕업일치가 이에 속한다. 두 번째 직업모델은 '슬래시(/) 접근법'이다. 두 개 이상의 파트타임 일을 번갈아 하는 방식인데, 매우 다른 주제의 업무들을 자주 번갈아 하기를 좋아하는 사람에게 적합하다. 안정성보다 자유와 유연성에 가치를 둔다면 추천할 만한 모델이다. 세 번째 직업모델은 '아인슈타인 접근법'으로 아인슈타인이 특허청 직원으로 7년간 일했다는 데서 착안한 이름이다. 이 직업모델은 생계를 완전히 지원하는 풀타임 일을 하되, 부업으로 다른 열정을 추구할 만한 충분한 시간과 에너지를 남기는 것이다. 회사를 다니면서 사이드 프로젝트를 수행하는 방식과도 같다. 네 번째는 '피닉스 접근법'인데, 단일 분야에서 몇 달 혹은 몇 년간 일한 후, 완전히 방향을 바꿔 새로운 분야에서 새로운 일을 시작하는 것을 말한다. 이 직업모델들을 믹스 앤드 매치하여 자신만의 퍼스널 브랜딩을 어떻게 해나갈 것인지 고민해볼 수 있다.

내용적인 면에서는 기존에 있는 것들을 연결하는 방법이 도움이 된다. 점과 점을 잇는다는 생각으로 새로운 가치를 창출하는 것이다. 각기 떨어져 있을 땐 연결성이 없어 보이지만 두 가지 이상을 융합하는 데 성공하면 희소성이 높아진다. 분야로 보면 가까이 있는 것보다 멀리 떨어져 있는 것을 연결하는 것이 더 효과적이다. 예를 들어 언론사 기자가 에세이를 내는 것은 높은 희소성이라고 보기 어렵지만, 패션모델이 음반을 내고 디자이너가 코딩을 하는 것은 대체 불가능성을 높인다. 호리에 다카후미는 《다동력》에서 "복수의 직함을 곱하면 여러분은 찾아보기 힘든 존재가 되며, 결과적으로는 가치가 상승한다"라고 이야기했다. 각자 어떻게 자신만의 브랜드를 만들어나갈 것인지 성찰해보는 것이 중요하다. 나 또한 대체되지 않는 나만의 브랜드를 만들고자 노력하는 중이다.

사회적으로도 안정성에 대한 재정의가 이루어질 필요가 있다. 은행은 대출 심사를 할 때 직장인을 안정 직군으로 본다. 매월 고정적인 급여가 들어온다는 점에서는 그렇다. 돈을 받아야 하는 은행 입장에서는 이해가 간다. 하지만 좁은 시각에서 벗어나 조금 더 넓게 생각해보면 이 전제는 맞지 않는다는 것을 알 수 있다. 남의 일을 하는 것이 안정적일까, 나의 일을 하는 것이 안정적일까. 당연히 나의 일을 하는 것이 안정적이다.

물론 프리랜서의 범주는 스타급 연예인부터 소득이 0에 수렴하는 사람까지 다양하다. 하지만 사회에서는 이 모두를 '불안정'의 범주에 넣는다. 잘나가는 연예인은 걸어 다니는 중소기업이라고 볼 수 있을 정도로 높은 매출을 기록하는 프리랜서인데, 이들을 불안정하다고 판단하는 것이다. 사회적 분위기가 그렇다보니 많은 사람들은 회사원의 가치를 높게 평가한다. 하지만 나는 사회의 변화 속도를 봤을 때 오히려 회사원이 불안정할 수 있다는 시각을 고수하게 된다.

인간은 누구나 불안하다. 불안함 없이 살고 있다면 무언가 잘못된 것이다. 사회적 성공에 이른 사람도, 아직 시작 단계에 있는 사람도 모두 불안하다. 많이 가진 사람은 그 사람대로, 적게 가진 사람은 또 그 사람대로 그렇다. 불안감을 잠재울 수 있는 가장 확실한 방법은 자신에게 투자하는 것이다. 매일 어제보다 발전하는 나의 모습을 바라보면서 조금씩 성장해나가는 것이 가장 안전한 삶이다. 돈과 명예는 한순간에 잃을 수도 있지만, 내 몸에 각인된 성장의 흔적은 그 누구도 가져갈 수 없다. 성공하기보다는 성장해야 하는 이유다.

4장

당당하고 단단한
나로 살아가는 법

#경제적자유

#돈공부

#정신적자유

#독서

＊

꿈을 찾는 여정을
계속해야 하는 이유

한국의 사회적 환경에서는 나만의 꿈을 갖기 어렵다. '평균' '보통' '중간' '정상'에 대한 사회적 요구가 크기 때문이다. 개인의 개성을 중시하기보다는 공통의 목표를 향해 달려간다. 학교에서는 "너 꿈이 뭐니?"라고 물어보기보다는 "대학교 가서 생각해라"라고 정해준다. 대학교에 가면 "취업하고 나서 생각해라"라고 한 번 더 미룬다. 취업을 하면 "결혼해라", "애 낳아라", "서울에 집 사라"라고 말한다.

사회적 기준이 강한 사회에서는 개인이 내면의 소리에 귀 기울이기 어렵다. 만약 어떤 사람이 나는 스스로 공무원이 되고 싶어서 공무원 시험을 준비한다고 말한다 한들, 그것은 자신의 욕망이 아닌 타인의 욕망일 가능성이 크다. 내 생각인지, 남의 생각인지도 헷갈리게 되는 것이다.

인생에는 '끝'이 없다. 고등학생 때는 대학만 가면 모든 문제가 해결될 것처럼 느껴진다. 대학생은 취업만 하면 다 좋아질 것으로 생각한다. 결혼하면, 애 낳으면, 집 사면 인생이 끝난다고 생각한다. 착각이다. 인생은 죽어야 끝난다.

인생은 계속해서 경계를 넘는 과정이다. 인생에서의 경계는 무수히 많다. 경계를 넘어가면 그 전에는 보이지 않던 것들이 비로소 보이기 시작한다. 가령 의사가 되려는 사람은 '의대 합격'이 하나의 경계가 된다. 입학 후에는 고등학생 때와는 다른, 완전히 새로운 세계에 진입한다. 새로운 세계에 적응하다보면 '의사 국가고시 합격'이라는 또 다른 경계를 넘어야 하고, 이 경계를 넘으면 '인턴', '레지던트'라는 새로운 세계가 기다리고 있다. '전문의 시험', '병원 취업' 이후에도 새로운 세계에 진입하기 위해서는 크고 작은 경계를 넘는 시도를 이어나가야 한다.

나이를 먹어서도 자신이 어느 대학을 나왔는지 끊임없이 강조하는 사람을 주변에서 흔하게 볼 수 있다. 인생에서의 다음 경계를 넘지 못한 채 대학 입학 당시의 나이에 머물러 있는 사람이다. 명문대를 졸업하고 공공기관에 들어가 결혼을 하고 자녀를 출산한 지인이 있었다. 다음에는 무얼 해야 할지 모르겠다며 인생이 멈춘 느낌이 든다고 했다. 안타까운 마음이 들었다. 몇 개의 경계를 넘었을 뿐 인생의 과제를 완료한 것이 아니기 때문이다.

사회적 규율 안에서 성공한 사람이라도 자신의 길을 스스로 선택한 사람은 등 떠밀려 선택한 사람과는 큰 차이가 있다. 가령 2019년 행정고시 재경직 수석 합격자는 국세청에 지원했는데, 재경직 수석이 국세청에 들어간 것은 그때가 처음이었다. 보통은 기획재정부, 금융위원회에서 공무원 생활을 시작한다고 한다. 그는 인터뷰에서 "세무사 자격증을 따서 오랜 기간 일하고 싶다"라고 했는데, 선택의 기준을 '나 자신'에 두고 있다는 점이 인상 깊었다. 사회적 요구에 일정 부분 맞추며 살아가더라도 그 요구가 자신에게 너무 과하지는 않은지, 그 안에서 내가 할 수 있는 일은 무엇인지, 내 인생은 어떤 방향으로 나아가는지 성찰하는 사람은 결코 철학적 깊이가 얕다고 볼 수 없다.

요즘은 사회의 기준에 더이상 끌려가지 않고, 자신만의 기준을 찾으려는 분위기가 확산되면서 점점 더 많은 사람들이 사이드 프로젝트를 통해 평소 하고 싶었던 일들을 시도하거나 퇴사 후 새로운 일을 찾아 나서기도 한다.

하지만 다방면으로 고민하고 있음에도 이렇다 할 꿈이 없을 수 있다. 하루하루 살아가기도 힘들기 때문이다. 회사에서 큰 에너지를 쓴 것도 아닌데 출퇴근을 반복하는 것만으로 지친다. 바빴던 날에는 더 가라앉는다. 저녁을 먹고 소파에 누우면 무엇을 하고 싶다는 마음은커녕 손가락 하나 까딱하기 싫은 상태가 된다. 이런 상태가 지속된다고 해서 죄책감을 가지지는 않길 바란다.

이때에는 오히려 잠시 멈추고, 본인의 인생에서 결핍됐다고 느끼는 것은 무엇인지, 자신이 생각하는 성장의 의미는 무엇인지 생각해볼 필요가 있다. 결핍이 충족되지 않으면 결코 성장으로 나아갈 수 없다. 물론 결핍을 인정하는 것은 매우 어려운 일이고, 자존심이 크게 상하기도 할 것이다. 하지만 자신의 결핍을 인정해야만 성장의 단계로 넘어갈 수 있다. 성장은 곧 꿈과 직결된다.

가령 우울증에 시달리는 사람이 있다고 치자. 퇴사를 할지 말지 결정할 단계가 아니다. 우울증 치료가 먼저다. 마음의 결핍을 메워야만 자아실현의 단계로 나아갈 수 있다. 또 자신이 돈의 결핍에 시달리고 있다면 이 문제를 해결한 뒤 성장을 모색하는 것이 순서다. 물론 모든 사람은 자신이 가진 돈이 부족하다고 느낀다. 심지어 부자들도 그럴 것이다. 여기서 말하는 돈의 결핍은 상대적인 의미가 아니다. 절대적인 수준의 생활고를 의미한다. 한국의 많은 직장인이 30대 중반이 넘어서야 자신이 하고 싶은 일에 도전한다. 돈의 결핍을 해결하는 시기가 대체적으로 이때이기 때문일 것이다. 번아웃으로 체력이 소진되었다면 사이드 프로젝트를 시작해보려 해도 생각만큼 잘 안된다. 식단 조절과 꾸준한 운동을 통해 일정 수준으로 체력을 끌어올린 뒤 다음 단계로 넘어가야 한다.

이처럼 다양한 한계 상황 속에서 꿈을 찾는 것은 쉽지 않다. 다만, 나는 우리 모두가 하고 싶은 일을 찾으려는 의지를 잃지 않았으면 하는 바람이 있다. 생존의 단계를 넘어섰다면 그다음부터는 꿈을 향해 나아가는 것이 인생을 좀 더 풍요롭게 사는 방법이라고 생각한다. 당장은 꿈이 없어도 괜찮지만, 그럼에도 꿈을 찾는 것을 포기하지 말아야 하는 이유는 그것이 가장 '인간적'이기 때문이다. 아직 꿈이 없다면 크게 두 가지를 실행하면서 꿈을 찾는 여정을 지속해나가는 것을 추천한다. 그 두 가지는 바로 '돈 공부'와 '독서'다.

누군가 나에게 "지금 다니는 회사는 불만족스럽지만 당장하고 싶은 건 없다"라고 고민을 토로하면 나는 거의 반사적으로 '돈 공부'를 추천한다. 돈 공부를 추천하는 가장 큰 이유는 돈이 자유를 가져다주기 때문이다.

요즘에는 '경제적 자유'라는 말을 많이 쓴다. 사전적 의미는 '경제생활에서 각 개인이 스스로의 의지로 행동할 수 있는 자유'로 풀이된다. 다소 추상적이다보니, 사람마다 다르게 해석할 여지가 있다. 실제로 각자 생각하는 경제적 자유의 의미가 다르다. 어떤 사람은 미니멀리스트로 살면서도 자유롭다 할 것이고, 어떤 사람은 서울 강남 도심 한복판에 살면서 외제차를 끌고 명품 쇼핑을 즐겨야 자유롭다 할 것이다. 누군가는 자신이 원할 때 가족과 시간을 보낼 수 있는 상황을, 또 다른 누군가는 노동하지 않는 삶을 경제적 자유로 부를 것이다.

나는 '돈을 벌기 위해 하기 싫은 노동을 해야 하는 상태'를 경제적 자유가 침해되는 것으로 보고, '하고 싶은 일을 골라서 할 수 있는 상태'를 달성 목표로 삼았다. 경제적 자유에 대한 자신만의 정의를 내려보고, 그것을 위한 목표를 세우는 것이 좋다. '파이어FIRE, Financial Independence Retire Early족'처럼 일하는 동안 지출을 최소화해서 노후 걱정이 없을 만큼 돈을 모은 뒤, 빨리 일을 관두고 자신만의 삶을 추구하는 것 또한 하나의 목표가 될 수 있을 것이다.

경제적 자유의 목표를 세웠다면 그것을 달성하기 위해 얼마만큼의 액수가 필요한지 구체적으로 적어보자. 물가 변동, 수명 등 변수가 없는 것은 아니지만, 그래도 최대한 구체적으로 수치를 표기한다. 얼마짜리 집과 어떤 크기의 차가 필요한지, 매년 생활하는 데 필요한 돈은 얼마 정도인지, 평균 수명을 기준으로 하여 작성해보는 것이다. 목표를 적었다면 실행하기 위한 방법도 빼놓지 말아야 한다. 기업이 사업계획을 짜는 것처럼 어떻게 자본을 축적하고 현금 흐름을 만들지 생각해보는 것이다.

경제적 자유의 목표와 구체적인 액수, 그리고 자금 조달 방안까지 세웠다면 자연스럽게 '돈 공부'를 해야겠다는 생각이 들 것이다. 노동소득만으로 노후 자금을 확보하는 것은 이제 거의 불가능에 가깝다. 더 정확하게 말하면 노동소득으로는 경제적 자유를 달성할 수 없다. 특정한 시간에 자신의 노동력을 제공해야 돈을 벌 수 있는 구조는 '자유'라고 부를 수 없기 때문이다. 경제적 자유를 달성하기 위해서는 '돈이 돈을 버는' 자본소득을 획득하는 것이 관건인데, 이를 위해서는 기본적으로 '돈 공부'가 되어 있어야 한다.

토마 피케티의 《21세기 자본》에 따르면 자본소득은 노동소득보다 항상 우위에 있다. 그러므로 우리는 필수적으로 자본이 돈을 벌어다주는 구조를 학습해야 한다. 돈 공부를 한다고 무조건 돈을 많이 가질 수 있는 건 아니지만, 돈 공부를 하지 않는 사람이 돈을 많이 가질 가능성은 '0'에 가깝다. 물려받을 재산이 있으면 다르지 않으냐고 반문할 수 있겠지만, 물려받은 재산도 제대로 융통하지 못하면 금방 소진된다. 출발점이 어떻든 간에 자본주의 체제 아래 사는 한 돈 공부를 해야 한다.

'돈 공부'와 더불어 필요한 것이 '독서'다. 아직 인생의 방향을 찾지 못했다면 독서에 해결의 실마리가 있다. 독서는 이미 자신의 길을 묵묵히 가고 있는 사람에게도 큰 도움이 되는데, 앞이 보이지 않는다고 생각되는 사람에게는 더욱 효과가 있을 것이다. 인간은 시간과 장소 등 물리적인 한계 때문에 모든 것을 직접 경험할 수 없다. 이럴 때 필요한 것이 책을 통한 간접경험이다. 책 속에는 한 사람의 인생이 응축되어 있다. 에세이나 위인전은 말할 것도 없고, 소설 속에서도 현실에 있을 법한 인물이 등장한다. 그 사람의 인생을 추적하다보면 내 인생에 접목할 만한 이야기가 반드시 하나는 나온다.

꼭 인물을 중심으로 읽지 않더라도 여러 지식이 쌓이다보면 점과 점을 이을 수 있는 능력이 생긴다. 이것이 바로 창의력이다. 인생의 방향을 설정하는 데 창의력이 큰 도움이 되는 것은 두말할 필요도 없다. 아직 특별한 계획이 없다면 '돈 공부'와 '독서'를 하면서 자신의 꿈과 연결하는 방법을 제안한다.

✳

필수적인 돈 공부,
어떻게 해야 할까

생존에 유리한 방식을 찾아나가는 것이 인생의 과정이다. 그리고 현대 사회에서 생존하기 위해 반드시 알아야 할 것이 바로 자본주의다. 똑똑하고 직업적으로도 큰 성취를 이룬 사람이 '금융 문맹'인 경우를 자주 목격했다. 자본주의 사회에서 금융 문맹은 글을 읽고 쓸 줄 모르는 문맹과 마찬가지다.

우리는 죽을 때까지 자본주의 시스템 안에서 살아갈 가능성이 크다. 코로나19 사태 이후 기본소득 등 사회보장제도에 대한 논의가 이루어지고는 있지만, 수정 자본주의라는 큰 틀은 변하지 않을 것으로 보인다. 자본주의를 공부하지 않으면 경제적 자유 달성은 멀기만 하다. 최근 한 자산운용사 대표가 청와대 국민청원 게시판에 초·중·고 정규 교육과정에 금융 교육을 의무화해달라는 청원을 올린 것도 이와 같은 맥락이다. 그는 금융 문맹에 대한 우려를 드러내면서 금융을 모르면 온 집안이 대대로 가난하고, 국가 또한 성장할 수 없다고 지적했다. 다소 충격적인 발언으로 들릴 수 있겠지만 개인적으로는 이 주장에 공감한다.

우리가 돈에 대해 제대로 배우지 않았던 이유는 사회적 분위기 탓이 크다. 한국 사회는 유교적 전통이 남아 있어 돈에 대해 대놓고 말하는 것을 불경스럽다고 생각하는 경향이 있다. 하지만 이제는 좀 더 솔직해질 필요가 있다. 돈 때문에 스트레스받고 걱정하면서 돈 공부를 하지 않는 것은 모순이다. 인식 변화에 맞게 금융 교육도 체계적으로 해나가야 한다.

나는 경제전문지 기자로 사회생활을 시작하면서 자본주의에 관심을 갖게 됐다. 물론 입사 전에도 경제신문과 금융서적을 읽긴 했지만 전공으로 공부하지는 않아서 독학에는 한계가 있었는데, 입사 후 체계적인 교육을 받으며 금융 문맹에서 벗어날 수 있었다. 입사 후 수습 기간에 일과를 마치고 회사로 복귀하면 그때부터 선배 기자가 금융 강의를 해줬다. 외환 담당 기자에게서는 외환, 채권 담당 기자에게서는 채권, 증권 담당 기자에게서는 증권 수업을 받았다. 수습직원에게 기대하는 바가 딱히 없어서 그랬는지 기초적인 질문을 해도 다들 찬찬히 설명해주었다. 이때 질문하며 배운 내용들이 있었기에 적어도 '금융 문맹'은 피할 수 있었다.

대학생 때까지만 해도 돈을 버는 것보다는 학업을 지속하는 것, 좋은 직업을 갖는 것, 사회적 지위를 얻는 것 등에 관심이 있었던 것 같다. 마음속으로는 돈이 더 중요하다는 것을 인지하고 있었지만, 드러내놓고 말하지는 못했다. 그러다 경제전문지에 입사해 자본주의가 작동하는 방식을 조금씩 알게 되면서 생존에 가장 중요한 것은 '돈'이라는 결론을 내리게 되었다. 그랬기에 회사를 그만두고 나서도 '돈 공부'를 계속해나갔다.

나는 돈 문제에 있어서는 생각의 전환이 가장 중요하다고 생각한다. 돈에 눈을 뜬 사람과 그렇지 않은 사람 사이에는 아주 커다란 간극이 존재한다. 돈을 언급하는 것 자체를 금기시하고, 부자를 모두 도둑 취급하려는 사람들이 있다. 반대로 돈이 삶의 필요조건이라는 사실을 일찍 깨닫고 돈을 어떻게 불릴지 늘 고민하는 부류도 있다. 돈에 대한 생각을 전환하지 않으면 아무리 다양한 재테크책을 읽어도 머리에 들어오지 않는다. 나의 생각을 전환하는 데 가장 도움이 된 책은 로버트 기요사키의 《부자 아빠 가난한 아빠》였다. 나온 지 20년도 더 된 책이지만 저자의 통찰은 지금도 여전히 유효하다. 이 책은 일반적인 재테크책들과는 다르게 돈에 대한 관점 자체를 바꾸는 것을 목표로 삼는다. 저자는 사람들이 가난한 이유는 돈이 없어서가 아니라 돈을 금기시하며 금융 지식을 멀리하는 사고와 문화 때문이라고 분석한다. 자신의 가난한 아버지와 친구의 부자 아버지의 사고방식을 비교하면서 금융 IQ를 기르는 비법을 전한다.

관점이 새롭게 바뀌었다면 자연스레 무엇을 추가로 학습해야 할지 깨닫게 될 것이다. 바로 경제적 자유를 달성할 '방법'이다. 《부자 아빠 가난한 아빠》에서는 목표를 실행할 방법으로 일곱 가지를 제시한다. 사업 소유, 주식, 채권, 수익을 창출하는 부동산, 어음이나 차용증, 지적 재산권, 기타 소득이 그것이다. 다른 책을 기준으로 삼아도 되지만, 이 책에서 제시하는 기준에서 크게 벗어나지는 않는 듯하다. 각각의 방법 중 자신이 실행할 수 있는 부분을 중점적으로 공부해나가면 된다. 일곱 가지의 소득원을 모두 확보할 수 있는 사람은 큰 부자가 될 것이고, 금융 IQ가 높다면 한두 개의 소득원으로도 경제적 자유를 달성할 수 있을 것이다.

수익을 창출하는 부동산에 대해 이야기해보자. 한국은 부동산 쏠림 현상이 심한 나라다. 부동산 투자로는 절대 망하지 않는다는 '부동산 불패 신화'마저 있다. 나도 부동산이 좋은 투자 상품 중 하나라고 생각한다. 다만, 살기 위한 목적으로 한 채를 보유하는 것은 투자 목적이 아니라고 봐야 한다. 부동산 투자의 가장 큰 장점은 주식 등 다른 금융 투자 상품과는 달리 하방이 단단하다는 것이다. 부동산은 위는 뚫려 있고 아래는 막혀 있는 안전한 상품이다. 극단적인 경우 내가 투자한 주식은 휴지 조각이 될 수 있지만, 부동산은 가격이 내려갈 수 있을지언정 0원이 될 수는 없다.

부동산 투자는 주식 투자와 비교했을 때 비교적 공정하다는 장점도 있다. 개인 투자자가 주식을 사려면 시장 가격을 지불해야 하는 반면, 기관이나 기업은 주식을 살 때 대량으로 구매하기 때문에 할인이 적용된다. 이에 반해 부동산은 모두에게 정보가 공개된 편이다. 가격 검색 등 정보를 취합하기 용이하고, 투자 시 쉽게 접근이 가능하다. 물론 최근 부동산 정책이 쏟아져나오면서 일반인 입장에서는 세금 구조를 이해하기 어려워졌고, 가격 메리트도 예전만큼 크지 않아 매력이 떨어진 것이 사실이다. 그럼에도 부동산 투자라는 방법을 이용해 경제적 자유를 얻는 것은 여전히 가능하다고 생각하며, '퇴사'를 검색하면 '부동산'이 연관되는 만큼 경제적 자유 달성에 빼놓을 수 없는 주요 파이프라인이라고 판단된다.

당신이 금융 지식을 갖추지 않은 상태라면 주로 예금, 적금 같은 상품에 가입돼 있을 것이다. 금리가 높았던 시절에는 예·적금이 유효한 수단이었던 것이 사실이다. 하지만 제로 금리에 가까워진 지금은 이러한 방식을 고집할 수 없게 되었다. 이제는 기업에 투자하여 수익률을 높이는 방법을 고민해야 한다. 기업에 투자하는 방법은 크게 두 가지인데, 직접 사업체를 운영하거나 이미 운영되고 있는 회사의 주식을 사는 것이다. 사업가로서의 정체성을 가지고 있는 사람이라면 자신의 사업을 일구어 성공 궤도에 올려놓는 것이 부에 한 발짝 다가서는 방법일 것이다. 사업을 하지 않을 거라면 주식을 매수하는 방법으로 기업에 투자해야 한다. 문제는 사회의 수많은 '가난한 아빠'들이 잘못된 방법으로 투자하여 마이너스 수익률을 기록한 뒤 "주식하면 망한다"라는 가치를 전파하고 있다는 것이다. 콘크리트처럼 공고한 세계관을 깨는 데 오랜 시간이 걸릴 수 있지만, 투자라는 방법을 통하지 않고 경제적 자유로 갈 수 있는 방법은 거의 없다고 보면 된다.

부동산과 주식 외에도 채권, 외환 투자 등에 관심이 생긴다면 하나씩 공부해보는 것을 추천한다. 중요한 것은 학습과 병행하여 실제 투자를 해보는 것이다. 투자를 하다보면 자신과 결이 맞는 항목을 발견하게 된다. 누군가는 땅을 사 모으는 데 흥미를 느낄 것이고, 다른 누군가는 주식 투자에 관심이 갈 수도 있다. 주식 중에서도 단타가 잘 맞는 사람, 장기 보유하고 싶은 사람 등 개인의 특성에 따라 투자 성향도 달라진다.

그런데 '돈 공부'를 하다보면 욕심을 넘어 탐욕이 찾아오는 순간이 있다. 수단과 방법을 가리지 않고 돈을 많이 벌고 싶다는 생각이 커지는 것이다. 이런 마음이 커지면 사기를 당할 가능성이 커진다. 사람에게 돈을 떼이는 것만이 사기가 아니다. 잘못된 투자 상품에 발을 들여놓는 것도 사기를 당하는 것과 마찬가지다. 금융 투자 사기를 심의하는 업무를 담당했던 적이 있다. 수많은 사람들이 불법 파생 상품에 터무니없이 돈을 입금했던 정황을 지켜보면서 이 모든 것은 탐욕 때문이라는 생각을 했다. 돈을 버는 것보다 돈을 잃지 않는 것이 더 중요하다. 탐욕에 빠진 채로 실행을 하느니 아무것도 안 하는 게 더 이득일 수 있다.

돈 공부의 목적은 경제 전문가가 되는 것이 아니다. 살아가는 데 꼭 필요한 정보를 얻는 것에 가깝다. 돈 공부를 지속하면 자본주의 사회에서 돈이 어떤 지위를 갖는지, 경제적 자유를 달성하려면 어떻게 해야 하는지, 나에게 직장생활은 어떤 의미인지 등을 생각해볼 수 있게 된다. 점차 시야가 확장되다보면 자신이 하고 싶은 일도 자연스레 떠오르게 될 것이다.

투자의 세계로 넘어가기

　돈에 결핍을 느끼면서 투자는 멀리하는 사람이 있다. 하지만 투자 없이 돈을 불리는 방법은 거의 없다고 보면 된다. 자본주의 시대에 투자는 선택이 아닌 필수다. 어느 정도 '돈 공부'에 익숙해졌다면 이제 '투자'의 세계로 넘어갈 때다. 투자는 책으로 배우는 지식과 실전 경험의 차이가 두드러지는 분야 중 하나다. 실제로 해봐야만 배울 수 있다.

　일반인이 접근할 만한 금융 투자는 부동산과 주식이 있다. 하지만 부동산 투자는 20~30대에게는 조금 먼 일이다. 비교적 많은 종잣돈이 필요하기도 하고, 실거주 목적이 아닌 투자는 정부 차원에서 제한하는 경향을 보이고 있어서다. 남는 것은 주식 투자다. 최근 밀레니얼 세대를 비롯해 개인들이 주식에 관심을 갖게 된 것은 긍정적인 현상으로 보인다. 하락장에서 삼성전자 주식을 쓸어 담은 개인 투자자를 두고 '동학 개미 운동'이라는 유행어가 생겨나기도 했는데, 그 계기가 무엇이 되었든 주식 시장에 유입되는 인구가 늘어났다는 것 자체가 자본주의에서의 생존력을 갖춘 사람이 많아졌다는 의미로 읽힌다.

나는 주식 시장에서 소위 '대박' 나는 비법은 알지 못한다. 다만 2008년 글로벌 금융위기 즈음부터 지금까지 주식 시장을 지켜보면서 최소한 '돈을 잃지 않는 법'에 대해서는 깨달은 바가 있다.

주식 투자를 할 때 자신이 목표로 하는 수익률이 있을 것이다. 목표가 있다고 해서 그 목표가 꼭 달성되는 것은 아니지만, 목표 수익률은 매매 시 기준이 되므로 설정하는 것이 좋다. 그런데 이 목표 수익률을 터무니없이 높게 잡는 사람들이 있다. '2배 수익', '100% 상승' 같은 목표가 그 예다. 주식은 도박이 아니므로 목표 수익률은 예·적금 시중 금리를 기준으로 하는 것이 바람직하다. 이자는 아무런 투자 활동을 하지 않고 은행에 예치해놓기만 해도 받을 수 있는 돈이므로, 투자 활동에 대한 대가는 이보다 반드시 높아야 한다. 2020년 9월 현재 기준금리는 0.5%고, 예·적금 금리는 1~2%대에 형성돼 있다. 주식 목표 수익률은 시중 은행 예·적금 금리에 5~10% 정도 더하는 것이 바람직하다. 너무 낮다고 생각할 수도 있겠지만, 실제 투자를 통해 이만큼의 수익을 실현하는 것도 쉬운 일은 아니다. 연 6~12% 수익을 달성한다는 목표를 세우고, 이익을 재투자하는 방식을 활용해 복리를 적용해간다면 '제로금리' 시대에 인플레이션을 헤지hedge하는 수단으로 나쁘지 않다고 생각한다.

물론 주식 투자를 하다보면 '대박'의 유혹에서 자유로울 수 없다. 하지만 주식 시장에서 대박 나는 일은 나에게 일어나지 않을 거라고 생각하는 것이 마음 편하다. 대박을 좇다가 쪽박 차는 일을 너무 자주 목격했다. '대박주'를 찾아내기보다는 '쪽박주'를 거르는 것이 중요하다. '쪽박주'를 걸러내기 위해서는 금융감독원 전자공시시스템DART이 도움이 된다. 이곳에서는 상장기업의 재무제표를 볼 수 있다. 재무제표를 본다는 것에 부담을 느끼는 사람들도 많다. 하지만 회계사 입장에서 재무제표를 보는 것과 투자자 입장에서 재무제표를 보는 것은 다르다. 재무제표는 모두 이해할 필요도 없고, 이해할 수도 없다. 하지만 '투자'에 특화하여 재무제표를 살피는 일은 충분히 가능하다.

사경인 회계사의 《재무제표 모르면 주식투자 절대로 하지 마라》라는 책이 있다. 회계사들이 알아야 할 재무제표가 아니라 투자자가 알아야 하는 방법을 알려주기에 유용하다. 재무제표를 보다보면 회사의 경영진들이 어떤 생각을 가지고 있는지,

기업에 빛이 얼마나 있는지, 매출은 높은데 영업 이익이 왜 낮은지 등 기업 전반에 관한 사항을 살펴볼 수 있다. 사람들은 일반적인 물건은 가격을 비교해가며 꼼꼼하게 살펴보면서 주식은 남의 말만 듣고 덜컥 사는 경향이 있다. 쪽박주를 거르기 위해서는 재무제표를 살펴보는 작업이 꼭 필요하다.

주식에서 가장 중요한 원칙은 잘 모르는 기업이나 금융 상품에 투자하지 않는 것이다. 그 이유는 하락장에서의 손실을 최소화하기 위해서다. 자신이 해당 주식에 대해 잘 아는 경우 만약 주가가 떨어지더라도 원인을 분석해볼 수 있다. 하락이 일시적인 현상인지, 지금이라도 손절매를 해야 하는지 판단이 가능하다. 이때 판단이 빠르게 이루어져야 손실을 면할 수 있다. 그런데 남의 말만 듣고 주식을 산 경우 '매매 타이밍'을 잡을 수 없다. 원인을 알 수 없으니 심리적으로도 불안해진다. 주식 시장에서 불안해진다는 것은 돈을 잃는다는 말과 같다. 불안한 사람이 불안하지 않은 사람에게 싼 가격에 주식을 넘기는 것이 시장의 시스템이다. 심리적인 요인이 중요한 주식 시장에서 자신이 잘 모르는 기업에 투자하는 것은 이미 지고 시작하는 게임이나 다름없다. 좋은 주식이 있다는 정보를 누군가에게 들었다 하더라도 자신이 스스로 판단해보는 과정이 필요하다. 왜 그 정보가 내 귀에까지 들어왔는지 의심해봐야 한다.

주식은 여윳돈으로 하라는 말이 있다. 나는 세상에 여윳돈이라는 건 없다고 생각한다. 잃어도 되는 돈, 그런 건 없다. 하지만 이 말은 중요한 교훈을 내포하고 있다. 생활비 등 다른 곳에 급하게 쓰지 않아도 될 돈으로 투자를 해야 한다는 말이다. 빚내서 하면 망한다는 의미도 포함돼 있다. 앞서 언급했듯, 주식 투자는 심리전이다. 만기가 다가와 돈을 갚아야 할 상황이 오면 내 생각대로 투자를 할 수 없다. 돈을 빠르게 불려야 한다는 생각이 커지고, 뜻대로 되지 않으면 초조해진다. 신용매수를 하는 것도 추천하지 않는다. 주식 투자는 '제로금리' 시대에 어쩔 수 없는 선택으로, 노동소득 등으로 벌어들인 돈을 불릴 방법 중 하나이지 남의 돈(빌린 돈)으로 투자할 대상은 아니다.

적은 자산일지라도 배분하는 습관을 들이는 것이 중요하다. 사람들은 10억 원의 자산은 배분해야 한다고 생각하지만, 100만 원은 한 곳에 투자해야 한다고 느낀다. 자산 규모가 크든, 작든 배분하는 것이 맞다. 자산 배분이 리스크를 헤지하는 방법이기 때문이다. 금융 시장에서 중요한 개념이 바로 '리스크'다. 계란을 한 바구니에 담지 말라는 속담이 여기서 나온다. 한군데서 손해가 나도 다른 곳에서 이익이 나면 큰 손실을 면할 수 있다. 앞서 언급한 6~12%의 목표 수익률을 달성하기 위해서는 자산 배분이 필수적이다. 개별 주식 안에서도 배분해야 하고, 섹터별, 국가별, 금융 상품별로도 배분해놓는 것이 좋다.

개인투자자는 가격의 저점과 고점을 잡는 것이 어렵다. 특히 생업이 있는 경우 주식 시장을 하루 종일 들여다볼 여유가 없기 때문에 낮은 가격에 사서 높은 가격에 파는 전략을 자유자재로 쓰기 힘들다. 현실적으로는 조금씩 분할매수를 하는 방법밖에 없다. 분할매수를 하게 되면 평균 매입 단가가 낮아지기 때문에 안정성과 수익성을 동시에 얻을 수 있다. 자연스럽게 리스크가 줄어든다. 적립식 펀드도 같은 원리다. 한번에 큰 금액을 예치하는 거치식 펀드와 달리 적립식 펀드는 매달 일정 금액을 넣는다. 상승장이라면 거치식 펀드가 더 높은 수익률을 내지만, 반대로 하락장이라면 적립식 펀드가 더 유리하다. 분할매수는 자산 배분과 함께 리스크를 헤지하는 방법 중 하나다.

간접투자를 한 번도 해보지 않은 사람이 직접투자를 하는 것은 위험하다. 처음 주식 투자를 하는 사람이라면 간접투자부터 시작하는 것이 순리다. 주식 시장에서 개별 종목을 사는 것이 직접투자라면, 펀드를 매수하는 것이 간접투자에 속한다. 간접투자는 쉽게 말해 전문가가 운용한다는 의미다. 내가 잘 모를 때는 나보다 잘 아는 사람에게 맡기는 것이 좋다. 홈트레이딩시스템HTS을 들여다보면서 주식 시장을 공부하는 시간 또한 비용이다. 초보자가 접근할 만한 간접투자 상품은 펀드와 ETF(상장지수펀드), ELS(주가연계증권) 정도가 있다. 펀드는 종류가 매우 다양한데, 설정액(운용 규모)이 크고 장기 성과(3년, 5년, 10년)가 우수한 상품 위주로 살펴보는 것이 도움이 된다. ETF는 주식 시장에 상장되어 있는 펀드를 뜻하는 말로, 거래가 용이한 것이 장점이다. 예전보다 종류가 다양해졌을 뿐만 아니라 잘 설계된 상품도 많이 나와 있어 대표적인 간접투자 상품으로 꼽힌다. ELS는 주가가 일정 비율 이하로 떨어지지 않으면 약정된 이자를 지급하는 상품인데, 주식 시장이 크게 출렁이는 경우 추천하지 않는다. 박스권 장세에서 중수익을 내기에 적합하다.

주식은 책으로 공부하는 것에는 한계가 있으니, 일단 주식 계좌를 개설하고 시험 삼아 투자를 해보자. HTS의 거래 화면에 익숙해지는 시간도 필요하다. 주식 시장에 참여하다보면 환율, 금리 등 주식 시장과 연결된 개념을 이해해야 하는 순간이 온다. 이런 식으로 금융 분야에 대해 공부 범위를 넓혀나가면 된다.

✳

돈 공부와 투자보다 중요한 것

최고의 재테크는 절약이다. 아무리 재테크에 능하다고 해도 지출 관리가 제대로 안 되면 소용없다. 그런데 지출을 관리하는 것은 생각보다 어렵다. 이번 달은 아꼈다고 생각했는데, 다음 달에 갑자기 폭주하는 경우도 흔하다. 다이어트의 요요현상과도 같다. 요요현상을 막기 위해서는 근본부터 바꿔야 한다. 꾸준한 운동을 통해 기초대사량을 늘려 살이 덜 찌는 체질로 만들어놓는 것이다.

과소비의 원인을 먼저 파악해보자. 원인에 따라 해결책이 달라지기 때문이다. 소비는 크게 두 가지로 나뉜다. 하나는 과시적 소비고, 다른 하나는 스트레스성 소비다. 이외에도 다양한 소비 패턴이 있을 수 있지만 일반적으로 지출 통제가 어려운 소비는 둘 중 하나다.

먼저 과시적 소비는 남들에게 보이는 자신의 이미지 때문에 하는 소비로 볼 수 있다. 우리가 무인도에 혼자 살지 않는 한 남들의 눈을 아예 인식하지 않고 살아갈 수는 없다. 누구나 조금씩은 과시적 소비를 한다. 문제는 남들에게 보여주기 위한 목적이 지나칠 때 발생한다. SNS에 명품 구매 사진을 올리는 것이 그 예다. 비쌀수록 잘 팔린다는 '베블렌 효과' 또한 전형적인 과시적 소비 형태다.

다른 사람들이 모두 샀다는 이유로 구매하는 것도 과시적인 측면이 있다. 가장 큰 문제는 감당할 능력이 없음에도 소비를 감행했을 때다. 할부로 외제차를 구입하고 유지비에 허덕이는 '카푸어' 등이 이에 속한다. 이러한 소비로는 자존감을 높일 수 없으며, 공허함만 더욱 커진다. 물론 명품 가방을 몇 개 샀다고 해서 모두 과시적 소비로 이름 붙일 수는 없다. 명품은 문화적, 미학적 가치를 담고 있는 상품이기에, 명품의 가치를 향유하고 싶다는 이유로 구매한 것이라면 과시적 목적으로 보긴 어렵다. 능력을 갖추고 있다면 더욱 나쁘게 볼 필요가 없다. 자신이 어떤 이유로 명품을 구매했는지 고찰해보는 과정이 필요하다.

내 주변에는 과시적 소비보다는 스트레스성 소비를 하는 친구들이 더 많다. 외제차나 명품 가방 등에 지출하는 것이 아니라 그다지 비싸지는 않은 물품들을 자주 사들이는 것이다. 나 또한 한때 이 같은 소비 패턴을 가지고 있었다. 로드샵에서 화장품을 산다거나 비슷한 옷이 있는데 또 사는 식이다. 스마트폰과 태블릿 PC, 노트북 같은 IT 기기도 자주 바꿨다. 밥값과 커피값에 생각 없이 많은 지출을 하는 것도 특징이다.

스트레스성 소비를 주로 하는 사람들은 돈을 좀 더 모아야 한다는 생각은 하지만, 이런 소비 습관이 크게 잘못됐다는 생각은 하지 않는다. 수입보다 지출이 더 많아서 빚을 지는 것도 아니고, 신용카드 돌려막기를 하는 것도 아니니까 특별히 나쁠 게 없다고 생각한다. 나는 '내 돈 벌어 내가 쓰는데 무슨 상관이냐?'는 생각도 가지고 있었던 것 같다.

일상생활에서 무언가 불만족스러운 부분이 있을 때 주로 소비로 이를 채우고자 하는 욕구가 발생한다. 특히 회사에서 스트레스를 받는 일이 있으면 나도 모르게 즐겨찾기 해둔 인터넷 쇼핑몰을 방문한다. 뭔가를 사고 나면 실제로 기분이 좋아지곤 한다. 그런데 그 기분은 일시적이다. 좋았던 기분은 이내 곧 사라진다. 결국 소비로도 욕구불만이 채워지지는 않는 것이다.

과시적 소비를 줄이기 위해서는 자존감을 높여야 하고, 스트레스성 소비를 없애기 위해서는 근본적인 스트레스 원인을 제거해야 한다. 그런데 스트레스성 소비를 하는 중에는 자신이 스트레스를 받고 있다는 사실을 자각하기 어렵다. 사람은 물건을 구매할 때 '필요해서', '갖고 싶어서' 등과 같은 이유를 붙이지 '스트레스받아서'라고 인정하면서 구매 버튼을 누르지는 않는다. 친구 중 한 명이 2년 정도 사귄 남자친구와 헤어지고 집 안에 틀어박힌 적이 있었다. 당시 친구는 자신의 월급을 초과해서 쇼핑을 했던 것으로 추정된다. 신용카드 한도 초과가 되어 나에게 돈을 빌려달라고 했다. 금액은 크지 않았지만 속상했다. 함께 여행을 가서 깊은 이야기를 나누고 스트레스 때문이었다는 사실을 밝혀냈다. 이후로는 차차 변화해나갔다.

스트레스성 소비는 원인만 제거하면 개선해나가기가 크게 어렵지는 않다. 예를 들어 회사 때문에 스트레스를 받던 사람은 퇴사 후 소비가 확연히 줄어들 수 있다. 회사 내 부서 이동 같은 환경 변화만으로도 개선이 가능하다. 하지만 과시적 소비는 원인이 외부 환경이 아닌, 내부에 있는 만큼 바꿔나가기 힘든 것이 사실이다. SNS 사용 시간을 줄이고 스스로에게 집중하는 시간을 늘리면서 점진적으로 해결해나가는 수밖에 없다.

대부분의 사람들은 자신이 돈을 모으지 못하는 이유가 수입이 적어서라고 생각한다. 나 또한 예전에는 그렇게 생각했다. 하지만 월 500만 원을 벌면서 500만 원을 지출하는 사람과 월 200만 원을 벌면서 50만 원을 지출하는 사람 중에 누가 더 부자가 될 가능성이 높을까. 다른 조건들이 같다면 월 200만 원을 버는 사람에게 한 표를 주고 싶다. 지출을 통제하는 습관이 몸에 밴 사람은 앞으로 부자가 될 가능성이 있다. 반면 버는 족족 써버리는 사람은 소비습관을 개선하지 않는 한 향후에도 경제적 자유를 달성하기 어려울 것이다.

소비를 통제하기 어려운 또 다른 이유는 돈을 모으는 명확한 목표가 없기 때문이다. 부모 세대는 '내 집 마련'을 목표로 삼아 허리띠를 졸라맸다. 지금은 집값이 많이 뛰다보니 부동산 구입이 어려워진 것도 사실이다. 그러나 집값이 오른 것이 과연 내가 저축을 하지 말아야 할 이유가 될까? 그렇지 않다고 생각한다. 언론에서는 "인생은 한 번뿐이다"를 외치며 현재의 행복을 중시하는 욜로YOLO, You Only Live Once족이 등장했다고 말한다. 하지만 실제 젊은 사람들 중에 욜로족은 많지 않다고 생각한다. 기성세대가 '욜로족'이라는 프레임을 씌운 측면이 있다. 대부분은 최대한 열심히 저축을 하고, 재테크에 관심도 많다. 최근 집을 구매하는 30대가 많아졌다는 것도 이를 방증한다. 꼭 내 집 마련이 아니더라도 저축을 하는 데 명확한 목표가 있으면 좋다. 의지를 다질 수 있는 방법이기 때문이다.

지출 통제를 위해 가계부를 쓰는 것은 기본이다. 가계부는 쓴다는 사실 자체가 중요하지, 방법은 크게 중요하지 않다. 수기, 엑셀, 혹은 가계부 애플리케이션을 이용하면 된다. 다양하게 시도하다보면 자신에게 편한 방법을 찾을 수 있다. 나는 엑셀을 이용하는데, 파일은 두 개다. 하나는 매달 말 한 번씩 자산 현황을 집계하는 용도이고, 다른 하나는 매일 어디에 돈을 썼는지 기입하는 용도다. 지출 내역을 기입하는 사람은 많은데, 자산 총계를 집계하는 사람은 많지 않은 것 같다. 자산의 흐름을 살피는 것도 중요하다.

신용카드 때문에 지출 통제가 어렵다고 호소하는 사람들도 많다. 우리는 소비를 부추기는 사회에 살고 있다. 장 보드리야르가 《소비의 사회》에서 언급한 것처럼, 소비 사회는 사람들에게 소비를 지속시키기 위해 다양한 전략을 구사한다. 즉, 개인들에게 소비를 강요하는 일관된 가치 체계를 주입하는 것이다. '기·승·전·소비'로 결론 내는 이 사회에서 내 의지만으로 소비를 억제하기란 어렵다. 스스로 제어하기 어렵다면 신용카드를 쓰지 않는 것이 맞다. 체크카드 사용만으로도 웬만한 혜택을 누릴 수 있다.

나는 신용카드를 30대에 접어든 이후 처음 만들었다. 필요성을 느끼지 못하다가 해외여행을 앞두고 발급받았다. 그전까지는 거의 현금을 사용했다. 지금은 신용카드 선결제 기능을 활용한다. 일주일에 한 번 정도 선결제로 빚을 갚는다. 현재 빚이 얼마나 있느냐고 물어보면 "없다"라고 대답하는 사람들이 많다. 신용카드 대금과 스마트폰 할부 금액 모두 빚이다. 부채를 레버리지로 활용해 투자하지 않는 한 모든 부채는 빠르게 청산하는 것이 맞다. 투자금을 마련하기 전까지는 지출을 통제하며 종잣돈을 모아야 한다. 초기 자금을 모아나가면서 동시에 금융 시장에 대해 공부하고, 자본 시장이 어떻게 돌아가는지 파악하는 것이 필요하다.

좀 더 근본적으로는 소유적 실존 양식을 버리고 존재적 실존 양식을 따라야 한다고 본다. 에리히 프롬의 《소유냐 존재냐》에 따르면, 소유적 실존 양식은 내가 가지고 있는 사물들이 나를 존재하게 만드는 것이고, 존재적 실존 양식은 독립, 자유, 비판적 이성을 지니면서 '지금, 여기'에 집중하는 것이다. 쉽게 말해 소유적 인간은 자신이 소유한 것에 의존하고, 존재적 인간은 자신이 존재한다는 사실 자체에 집중한다. 미니멀리즘을 실천하고 행복에 가까워졌다는 사람들을 보았을 것이다. 이들은 소유적 실존 양식에서 존재적 실존 양식으로 삶의 태도를 바꾼 것이다. 궁극적인 행복으로 가기 위해서는 소유적 인간이 아닌, 존재적 인간이 되어야 한다. 몸에 걸친 명품이 나를 설명하게 하지 말고, 나 자체가 명품이 되는 것이 존재적 실존 양식이다.

※

단군 이래 가장 돈 벌기 쉬운 시대?

세상에는 두 가지 삶의 방식이 존재한다. 하나는 현재의 사회적 통념이나 가치를 있는 그대로 받아들이고 그 속에서 어떻게 잘해나갈지에 사고와 행동을 집중하는 방식이다. 다른 하나는 현행 제도나 문화를 부여된 대로 받아들이지 않고 제도나 문화 자체를 더 나은 것으로 바꾸는 데 사고와 행동을 집중하는 방식이다.

야마구치 슈는 《철학은 어떻게 삶의 무기가 되는가》에서 대부분의 사람들이 현행 시스템이 초래하는 폐해를 생각하기보다는 그 규칙을 간파하여 제도 안에서 능숙하게 살아나갈 수 있는 방법을 먼저 떠올린다고 지적한다. 현재 우리가 효율적이라고 생각하는 시스템도 언젠가는 더 나은 시스템으로 대체되어야 하는데, 모든 사람이 안정만을 추구하다보니 개혁이 일어나지 않는다는 것이다.

우리는 대부분 '나'라는 사람을 세상에 끼워 맞출지, 반대로 세상이라는 틀을 '나'에게 맞게 만들지 생각하는 과정을 생략한 채 살아간다. 큰 고민 없이 전자의 방식을 택하고, 극소수의 사람만이 세상을 바꾸려고 시도한다. 물론 대다수의 사람들이 세상을 바꾸려고 했다면 이 세계는 유지되지 못한 채 붕괴했을 것이다. 당연히 기존의 틀을 유지하려는 에너지가 훨씬 크다. 하지만 그 와중에서도 '혁신'이라고 불리는 변화의 흐름이 있다. 인간의 역사는 이러한 혁신에 의해 계단식으로 진보한다. 스티브 잡스가 세상에 아이폰을 내놓은 것이 혁신의 좋은 예다. 현재의 시스템을 있는 그대로 받아들이지 않고 완전히 새로운 것을 창조해냄으로써 세상의 틀을 바꾸는 것이다.

자본주의를 학습하다보면 취업 시장이라는 레드오션 외에도 수많은 길이 있다는 것을 깨닫게 된다. 단군 이래 가장 돈벌기 쉬운 시대라고들 한다. 회사의 틀에 갇혀 있는 취준생이나 직장인 입장에서는 어리둥절할 수밖에 없는 말이다. 하지만현실이 그렇다. 인터넷이 가능성을 무한대로 확장해주었다. 정보가 독점되던 시대에서는 실제로 소수의 사람만이 돈을 벌 수있었다. 하지만 지금과 같은 4차 산업시대에서는 정보가 공개

되어 있어 점點들을 어떤 방식으로 연결하느냐에 따라 새로운 방식으로 수익을 창출할 수 있다. 모두가 모두와 연결된 '초연결 사회'는 커뮤니케이션 방식뿐만 아니라 산업 구조까지 바꾼다. 기존의 영역으로는 설명되지 않는 새로운 영역들이 계속 생겨나기도 한다. 누군가는 변화를 위기로 보지만, 변화의 파도에 올라타는 사람은 기회를 잡는다.

상황을 빠르게 직시한 사람들은 이미 창업으로 나아갔다. 최근의 스타트업 창업 열풍만 봐도 그렇다. 모두가 알다시피 스타트업은 단순히 규모가 작은 기업을 말하는 것이 아니다. 기존과 다른 방식으로 혁신과 성장을 꾀하는 기업을 스타트업이라 부른다. 가령 마라탕 점포를 낸다면 자영업이지만, 전 세계 마라탕 체인을 내는 것을 목표로 새로운 메뉴를 개발하고 효율적인 시스템을 구축한다면 스타트업이다. 공무원 시험 응시 인원이 사상 최대를 기록하는 한편에서는 제2의 벤처 붐이 일며 혁신을 시도하는 청년들도 늘어나고 있다.

스타트업 창업에서 가장 중요한 것은 미션Mission이다. 어떤 사명을 가지고 사업을 하는지가 중요하다는 것이다. 예를 들어 구글은 '전 세계의 모든 정보를 체계화해 모두가 쉽게 이용할 수 있도록 한다'는 미션을 가지고 있다. 생각해보면 구글은 단순히 검색엔진 서비스만 제공하지 않는다. 구글북스 라이브러

리나 구글아트 프로젝트 등을 통해 전 세계의 종이책이나 예술품 정보를 디지털화하고 있다. '구글 카'라는 무인 자동차를 만드는 것도 교통사고 예방, 시간의 자유로운 활용, 탄소 배출 감축 등을 목표로 하고 있어서이다. 이처럼 스타트업의 출발은 인류가 가진 문제들을 해결하려는 데 있고, 이것은 '미션'에서 잘 드러난다.

와이 콤비네이터YC라는 미국의 스타트업 액셀러레이터가 있다. 액셀러레이터는 스타트업에 초기 투자를 집행하고 창업 컨설팅을 해주는 역할을 한다. YC는 스타트업 창업자들에게 "사람들이 원하는 것을 만들라"고 강조한다. 원하는 것을 만들면 나머지는 저절로 해결된다는 게 이들의 핵심 철학이다.

나 또한 스타트업은 사람들의 불편함을 해결하는 대가로 돈을 버는 시스템이라고 생각한다. 더 큰 불편함을 더 빨리 해결해줄수록 벌 수 있는 돈의 액수는 커진다. 〈배달의 민족〉 덕에 음식을 시키려고 일일이 전단지를 뒤적일 필요가 없어졌고, 〈마켓컬리〉 덕에 아침 일찍 신선식품을 받아볼 수 있게 됐다. 이처럼 사람들이 불편하게 생각해서 개선되었으면 좋겠다고 생각하는 지점을 잘 파고들면 커다란 가치를 창출할 수 있게 된다.

스타트업 창업과 더불어 창직創職도 고려해볼 만한 대안이다. 창직은 '새로운 직업을 만든다'는 의미로, 기존의 노동 시장에 기대지 않고 나만의 특별한 아이디어와 기술을 활용해 일자리를 창출한다는 뜻을 담고 있다. 창업이 사업가의 영역이라면 창직은 프리랜서의 정체성을 가지고 블루오션을 개척하는 것에 가깝다. 창직이라고 해서 완전히 새로운 직업을 창조해낼 필요는 없다. 앞서 말했듯 서로 다른 분야를 연결하는 식이면 된다. 알파벳 T를 상상해보면 쉽다. 자신의 전문 분야는 깊게, 다른 분야는 넓게 지식을 쌓는 것이다. 다양한 분야를 섭렵하는 동시에 그중 가장 관심 있는 분야를 파고든다. 그렇게 되면 새로운 규칙으로 이루어진 새로운 직업을 창출해낼 가능성이 커진다.

창직에서 트렌드는 무시할 수 없는 요소이지만 기본기가 더 중요하다. 세상이 변화하는 속도는 앞으로 훨씬 빨라질 것이다. 트렌드를 따라가고자 그것을 배우거나 사업화했는데, 그 트렌드가 지나가버리기도 한다. 트렌드를 파악하려는 노력을 하되 시시각각 변화하는 상황에 자기 몸을 맞출 필요는 없다. '자기다움'을 찾는 것이 먼저다. 내가 트렌드를 좇는 것이 아니라, 트렌드를 '나'에게 접목할 방법을 고민하는 것이다. 고유의 리듬이 중요하다.

✱

책을 읽어야 하는 이유

성장을 삶의 방식으로 택한 사람들에게 독서는 빼놓을 수 없는 지적 활동이다. 독서는 모든 사람에게 유익하지만, 특히 꿈을 찾는 여정에 있는 사람들에게는 더욱 효과적이다. 독서는 그동안 내가 보지 못했던 것들을 볼 수 있게 해주고, 새로운 분야로 나를 안내해준다. 책 속에서 아이디어를 발견하는 일도 흔하다. 직장과 퇴사, 인간관계와 심리, 자본주의와 돈, 창업과 창직의 아이디어가 모두 책 속에 들어 있다. 독서는 아직 방향성을 찾지 못한 사람들에게 이정표가 되어준다.

독서의 가장 기본적인 목적은 지식 습득이다. 책을 읽음으로써 그 안에 있는 지식을 학습할 수 있다. 누군가는 인터넷이

나 동영상을 통해서도 지식을 얻을 수 있는데 굳이 책까지 읽어야 하느냐고 반문할 수 있다. 그러나 정제된 지식과 정제되지 않은 지식 사이에는 커다란 차이가 있다. 인터넷상의 정보들은 대체로 출처가 불분명하고 사실과 거짓이 뒤섞여 있다. 물론 책 속에도 잘못된 정보가 들어 있을 가능성을 배제할 수 없지만, 대체로는 정제된 지식이 유통된다. 만약 특정 분야의 지식을 찾아보려 할 때 매체를 하나만 선택해야 한다면 책을 고르는 것이 가장 바람직하다. 언론 기사나 유튜브 동영상, 블로그나 카페 게시글보다는 책에서 보다 정확한 지식을 찾을 수 있다.

지속적으로 독서를 하다보면 가짜 정보를 가려낼 수 있는 감식안이 생긴다. 책을 읽으면 해당 분야의 지식만 내 머릿속에 들어오는 것이 아니라, 그러한 지식이 사실로 폭넓게 인정받을 수 있었던 배경, 결론이 도출되는 과정, 반대 입장의 논리 등도 자연스럽게 흡수된다. 지식이 집대성되는 과정을 여러 차례 학습하다보면 어떤 정보를 접했을 때 진위를 가릴 수 있는 눈이 생긴다. 이러한 감식안이 생기면 어떤 정보를 접해도 그 정보에 휘둘리지 않게 된다. 최근 가짜 뉴스가 사회적 문제가 되고 있는데, 독서 훈련이 되어 있는 사람은 가짜 뉴스에 잘 속지 않는다. 독서를 통해 사실관계를 확인하는 방법, 사실과 의견을 구분하는 방법, 사실과 진실을 혼동하지 않는 방법 등을 배웠기 때문이다. 독서를 통해 좋은 정보를 선별하는 눈을 키워야 한다.

올바른 방법으로 독서를 해나간다면 한쪽으로 치우치지 않는 균형성을 확보할 수 있게 된다. 물론 독서량이 많다고 해서 무조건 균형 잡힌 사고를 하는 것은 아니다. 책을 많이 읽는 사람 중에서도 균형적이지 않은 사람들이 더러 있다. 자신의 주장을 강화하기 위한 목적으로 책을 읽기 때문이다. 가령 정치적으로 자유주의의 입장을 고수하는 사람이 자신과 같은 입장에서 쓴 책만 계속 읽는다면 균형성을 상실하게 된다. 어떻게 보면 책을 아예 읽지 않은 사람보다도 못한 사람이 되는 것이다. 자신이 믿는 신념체계가 있더라도 항상 틀릴 수 있다는 점을 염두에 두어야만 균형성을 가질 수 있다. 나는 독서를 할 때 '내가 아는 것은 내가 모른다는 사실뿐'이라는 말을 항상 되새긴다. 실제로 독서는 내가 모르는 것을 확인하는 과정일 뿐이다. 다 아는 것 같다는 생각이 들면 이 세상에 내가 읽은 책보다 아직 읽지 않은 책이 얼마나 많은지 떠올려보자.

꿈을 찾기 위한 여정에 독서가 빠지지 말아야 하는 이유는 책을 읽음으로써 다른 사람의 인생을 조금이나마 엿볼 수 있기 때문이다. 독서를 하지 않는 사람은 자신의 인생만을 경험하지만, 독서를 하는 사람은 아주 많은 삶을 사는 것과 다름없다. 책 한 권을 읽으면 한 세계에 들어갔다 나오는 것과 같은 효과가 있다. 나는 책을 고른 뒤 가장 먼저 작가의 프로필을 읽는다. 언제 태어나서 어떤 교육과정을 밟았는지, 그동안 어떤 일들을 해왔는지 상세하게 살펴본다. 프로필의 정보를 바탕으로 책 내용을 읽으면 작가가 어떻게 이러한 세계에 살게 되었는지 간접적으로나마 경험할 수 있다. 꼭 현실의 작가여야만 세계관을 공유할 수 있는 것은 아니다. 소설 속 인물을 통해서도 인생을 간접체험할 수 있다. 소설의 등장인물은 가상의 인물이지만 현실에 있을 법한 캐릭터가 구축된 경우가 많고, SF처럼 미래를 배경으로 하더라도 그 안에서 표현되는 내용은 하나의 완성된 우주를 담고 있다.

다른 사람의 인생을 간접체험하게 되면 세상을 보는 시야가 확장된다. 성장하려는 사람들이 가장 피하고 싶은 상태는 '우물 안 개구리'일 것이다. 우물 안 개구리에서 가장 쉽게 빠져나오는 방법은 독서다. 다양한 세계를 접하는 과정에서 시야가 넓어지고 사유가 깊어진다. 여행하며 사는 삶을 동경하는 사람이라면 일차적으로는 여행 작가의 에세이를 접하면서 삶의 방식을 살펴볼 수 있다. 그런데 동일한 분야보다는 다른 분야의 책을 읽었을 때 아이디어가 확장되는 경우가 많다. 가령 공유경제에 관한 책을 읽다가 숙박공유 서비스를 운영하는 아이디어가 떠오른다거나, 코딩 책을 읽다가 세계 각국에 코딩 학교를 만드는 생각에 이른다거나 하는 것들이다.

이러한 생각은 창의력 향상으로 이어진다. 많은 사람들이 창의력을 무無에서 유有를 창조하는 행위로 생각한다. 하지만 창의력은 무에서 유를 창조하는 것이 아니라, 유에서 유를 창조하는 것이다. 서로 다른 요소들을 가지고 새로운 조합을 만드는 것에 가깝다. A와 B라는 개념이 있으면 누군가에게는 이 두 개념이 전혀 연관성이 없게 느껴지지만, 창의력이 높은 누군가는 여기에서 관계와 유사성을 찾아낸다. 독서 행위가 쌓이면 떨어져 있던 것들이 연결됨으로써 새로운 생각이 떠오른다. 문학을 주로 읽던 사람이 과학 분야의 책을 접하는 과정에서 이 둘을 연결하는 어떤 지점을 포착해내는 일은 흔하게 일어난다. 창의력을 기르기 위해서는 새롭고 놀라운 일들을 직접 경험해야 한다고 생각하는 경향이 있는데, 독서를 통하면 보다 쉽고 일상적으로 창의력을 향상할 수 있다.

창의력은 문제 해결력을 기른다. 책을 많이 읽은 사람은 그간의 독서 행위에서 얻은 통찰력으로 다양한 각도에서 문제를 바라볼 수 있으며, 여러 대안을 파악하여 적절한 해결책을 내놓는다. 실생활에서 조언자의 역할을 하는 사람들은 대부분 다독가다. 책에서 직접 아이디어를 얻거나, 상상력을 발휘하는 방식으로 문제를 해결한다.

'사람 보는 눈'을 기를 수 있다는 것도 독서의 장점이다. 대부분의 사람들은 인간관계를 고민한다. 관계에서 상처받고 사람 보는 눈이 없다며 자책하는 일도 흔하다. 물론 독서를 통해서 즉각적으로 사람을 가려내는 안목이 길러지는 것은 아니다. 다만, 독서는 '인간이란 무엇인가?'에 대한 답을 내리는 과정이기도 한 만큼, 꾸준하게 책을 읽다보면 인간 본성에 대한 이해가 깊어져 자연스레 사람을 보는 안목이 높아진다.

책으로부터 위안을 받을 수도 있다. 사람의 위로가 필요한 경우도 있지만, 책을 통해 위안받는 순간도 분명히 존재한다. 가령 축의금 문제로 신경이 쓰이는 날에 장류진의 《일의 기쁨과 슬픔》 같은 책을 펼쳐 들었다면 '나만 그런 게 아니구나' 하면서 편하게 잠들 수 있다. 사랑에 빠진 이에게는 "당신 생각을 켜놓은 채 잠이 들었습니다"라는 함민복 시인의 한 줄짜리 시가 마음 한구석을 따뜻하게 만들어줄 것이다. 어떤 구절이 시나브로 내 마음에 침투하기도 하고, 책이 위안과 해결책을 동시에 가져다주기도 한다.

글쓰기 능력이 향상된다는 것도 독서의 큰 장점이다. 글을 쓰는 능력은 작가나 기자, 평론가 같은 전문 직업인들에게만 필요한 기술이 아니다. 현대 사회를 살아가는 모두에게 필요한 능력이다. 취업준비생은 자기소개서로 서류 전형을 통과해야 하고, 직장인은 회사에서 기획안과 보고서를 제출해야 한다. 사업가 또한 투자를 받으려면 글로써 투자자를 설득해야 한다. 디자이너나 작가들도 작업 내용을 글로 설명해야 할 때가 있다. 일상적으로도 글을 쓸 일은 생각보다 많다. 블로그에 포스팅을 하나 하더라도 글쓰기 능력이 요구된다. 층간 소음을 항의하는 글을 엘리베이터 벽에 붙일 때도 있다. 말 한마디로 천 냥 빚을 갚는다는 말이 있듯 잘 쓴 글 하나로 갈등을 해결할 수 있다.

그런데 글을 잘 쓰기 위해서는 독서가 필수다. 보통 글을 잘 쓰기 위해서는 다독多讀, 다작多作, 다상량多商量이 요구된다고 하는데, 이 중 가장 중요한 것이 다독이다. 책을 많이 읽지 않고 글을 잘 쓰는 사람은 본 적이 없다. 다른 사람들의 문장이나 어휘, 논리 구조 등을 살피는 과정에서 글쓰기 실력이 향상되고, 독서를 통해 글쓰기 능력이 향상되면 새로운 기회들이 찾아온다.

이처럼 책을 읽는 궁극적 목표는 쓰기에 있다고 해도 과언이 아니다. 식사에 비유하자면 읽기는 먹는 행위고, 쓰기는 소화시키는 행위다. 그런데 철학자 쇼펜하우어는 일찍이 《수상록》에서 "끊임없이 독서를 계속해가면 다른 사람의 사상이 강하게 흘러들어온다"라고 지적한 바 있다. 실제로 아무 비판 없이 읽기만 계속하면 자신의 머리로 생각하는 힘을 잃어버릴 수도 있다. 책을 읽은 뒤 서평을 작성함으로써 나의 언어로 바꾸는 과정이 필요한 것도 이 같은 이유 때문이다.

책을 읽다가 갑자기 쓰고 싶다는 열망에 사로잡히는 때가 있었을 것이다. 자연스러운 감정이라고 생각한다. 유시민 작가는《유시민의 글쓰기 특강》에서 "살면서 얻는 감정과 생각이 내면에 쌓여 넘쳐흐르면 저절로 글이 된다"라고 말했다. 읽는 행위로 생각이 깊어지면 자연스럽게 쓰는 단계로 나아간다는 뜻이다.

자신의 내면에 집중하는 가장 좋은 방법이 바로 쓰기다. '나는 누구인가', '나는 무엇을 원하는가', '나는 무엇을 잘하는가' 이 세 가지 질문을 붙잡고 있는 사람들에게 글쓰기는 방향을 잡아줄 수 있다. 회사는 만족스럽지 않지만 당장 하고 싶은 것은 없는 사람들에게도 쓰기 행위는 큰 도움이 된다. 당장 무얼 써야 할지 잘 모르겠다면, 책을 읽은 뒤 서평을 쓰는 것부터 시작해보자. 여기서 중요한 것은 책에 나와 있는 구절을 그대로 옮기기보다는 감상평이 짧아도 좋으니 나만의 언어로 바꾸어 표현해야 한다는 것이다. 처음에는 한두 줄에 불과할지 모르나, 지속적으로 연습을 해나가다보면 점차 글의 길이가 길어진다. 글이 길어졌다는 말은 사고가 깊어졌다는 말과 같다.

함석헌 선생은 "그대는 골방을 가졌는가? 이 세상의 소리가 들리지 않는, 이 세상의 냄새가 들어오지 않는, 은밀한 골방을 가졌는가?"라고 우리에게 묻는다. 여기서 골방은 각자의 깊은 내면을 뜻한다. 내 안에 숨겨진 또 다른 나에게 말을 걸기 위한 가장 좋은 방법은 읽고 쓰는 것이다.

✳ 좋은 책 고르는 법

어떤 책을 읽어야 할지 잘 모르겠다는 사람들이 많다. 그럴 만도 한 것이, 세상에 책이 너무 많다. 책을 고르는 과정에서 쉽게 지쳐버린다. 하지만 너무 스트레스받을 필요는 없다. 책을 고르는 것도 독서의 과정 중 하나다. 책이라면 무조건 좋다고 말하는 사람들도 있는데, 그렇지는 않다고 생각한다. 요즘은 특히 마케팅 공세를 퍼부어 팔리게끔 만드는 책들도 많다. 좋은 책을 골라 읽는 것이 필요하다.

표지가 예쁜 책을 고르는 것이 하나의 방법이 될 수 있다. 나는 책이 하나의 상품이라고 생각한다. 이왕 사는 것 예쁜 상품으로 골라야 손이 가고, 책장을 넘겨볼 가능성도 높아진다.

가방에 넣고 다니면서 읽을 때도 표지가 중요하다. 표지가 내 마음에 들어야 꺼내 읽을 때마다 기분이 좋아진다. 요즘 출간되는 책들을 보면 정말 소장하고 싶게 책을 만든다. '리커버 한정판'이나 '독립서점 에디션'을 따로 출시하는 경우도 있다. 책을 좋아하는 사람들은 "책의 물성物性이 좋다"는 말을 자주 한다. 책이라는 물질이 가지고 있는 성질이 마음에 든다는 뜻이다. 물성을 느껴보고 싶다면 자신의 마음에 드는 책을 고르는 것이 필요하다.

물론 '표지만 보고 책을 판단하지 말라Don't judge a book by its cover'는 속담도 존재한다. 그런 걱정이 들 때는 조금은 수고스럽더라도 오프라인 서점에 나가서 책을 훑어보는 것이 도움이 된다. 목차를 살펴보면서 좀 더 정확하게 책의 내용과 퀄리티를 파악할 수 있다. 서점에서는 보통 비슷한 종류의 책을 한데 모아 배치해두기 때문에 표지가 다소 투박하지만 좋은 내용의 책을 우연히 발견하기도 한다. 이같이 멋진 우연을 세렌디피티serendipity라고 한다. 책을 많이 읽다보면 이렇게 세렌디피티를 만날 확률이 높아진다.

요즘은 대형서점뿐만 아니라 독립서점이라고 불리는 동네 책방들도 많아졌다. 실제로 가서 보면 표지만 예쁜 책인지, 정말로 좋은 책인지 파악할 수 있다. 혹시 지금까지 구매한 책들이 별로인 적이 많았다면, 오프라인 서점에서 책을 살펴보는 것을 추천한다. 정성스레 고른 책은 읽고 나서도 오래도록 기억에 남는다.

친구에게 추천을 받는 방법도 있다. 내가 대학에 입학했을 때 사용한 방법이다. 당시 책을 많이 읽던 친구와 함께 대형서점에 들르곤 했다. 서점을 돌아보며 친구가 책 설명을 해주면 이야기를 듣다가 나도 읽어보고 싶다는 생각이 드는 책을 구매했다. 주변에 분명 나보다 독서량이 많은 친구가 있을 것이다. 그 친구가 읽는 책을 따라 읽는 방식을 추천한다. 몇 년을 그렇게 하다보면 자신의 독서량도 점차 올라간다.

책 읽는 습관이 든 사람들에게도 주변의 추천을 받는 방법은 장점이 있다. 책을 읽다보면 어느 순간 비슷한 종류의 책만 읽고 있는 경우가 있다. 그럴 때 주변인의 책 추천은 나를 새로운 분야로 이끌어준다. 나는 한때 인문학에 편중된 독서를 하고 있었는데, 독서모임의 한 친구가 과학 분야의 책을 추천해줬다. 머릿속이 새롭게 트이는 경험을 하면서 다른 과학책들도 찾아 읽게 되었다. 이런 식으로 점차 분야를 넓혀가면 내 안의 지식과 경험이 확장된다.

내가 좋아하는 작가가 쓴 또 다른 책을 읽는 방법도 있다. 이 방법은 두 가지 장점이 있다. 첫째, 실패할 확률이 낮다는 것이다. 내가 이미 그 작가의 이야기에 공감하고 있기 때문에 자연스레 독서 후의 만족감이 올라간다. 두 번째 장점은 작가의 세계관을 좀 더 잘 이해할 수 있다는 것이다. 나는 이런 이유로 어떤 작가가 마음에 들면 그 작가가 쓴 책을 모두 찾아 읽는다. 한 작가의 책을 여러 권 읽으면 왠지 모르게 그 작가와 아는 사이가 된 것 같은 친근감을 느끼게 된다. 물론 한 작가의 책이다 보니 반복되는 이야기가 나오거나, 플롯이 겹치는 경우도 있기는 하다. 그럼에도 불구하고, 그 작가가 글을 전개해나가는 방식을 잘 알 수 있고, 작가의 생각을 깊게 느낄 수 있어서 좋아하는 방식이다.

무슨 책을 읽어야 할지 고민하다보면 권장도서 목록에 다다른다. 결론부터 말하면 권장도서 목록은 개인의 독서량 차이를 고려하지 않고 좋은 책을 늘어놓은 경우가 많다. 물론 초·중·고등학생을 위한 권장도서는 연령대별로 세분화돼 있어 도움이 된다고 생각한다. 10대들도 독서량의 차이가 존재하긴 하지만 성인만큼 격차가 크진 않다. 반면 성인을 위한 권장도서 목록은 제공하는 기관 자체가 많지 않고, 독서 수준 차이를 고려하지 않은 채 제공되기 때문에 실제 독서에 활용하기가 쉽지 않다. 한 대학교의 권장도서 목록이 그 예다. 한국문학, 외국문학, 동양사상, 서양사상, 과학기술 다섯 개 카테고리로 구분을 했는데 거의 전체가 '고전'이다. 고전을 읽어야 하는 것은 맞지만 웬만큼 독서에 익숙해진 사람이 아니고서야 목록에서 제공된 고전들을 읽어나가기란 현실적으로 어렵다. 고전을 두고 '누구나 알지만 아무도 끝까지 읽지 않은 책'이라고 자조하는 이유도 여기에 있을 것이다. 고전 목록을 보며 왠지 모를 죄책감을 가질 필요는 없다.

베스트셀러에 대한 의견은 갈리는 편이다. 누군가는 베스트셀러 위주로 책을 선택한다고 하고, 다른 누군가는 베스트셀러는 쳐다보지도 않는다고 한다. 움베르트 에코가 《책으로 천년을 사는 방법》에서 사용한 구분법이 있다. 에코는 잘 팔리고 있는best selling 책과 잘 팔린best sold 책, 그리고 잘 팔기 위한best to sell 책으로 책을 구분하고, 잘 팔기 위한best to sell 책 때문에 베스트셀러라는 단어가 경멸 어린 의미를 띠게 되었다고 분석한다.

실제로 최근에는 잘 팔리게 만들려는 목적으로 기획된 책들이 다수 등장하고 있다. 책을 사서 읽어봤는데도 별다른 통찰을 얻지 못했다거나, 내용 자체가 짜깁기 방식으로 만들어져 부실한 경우를 흔하게 볼 수 있다. 이런 책일수록 마케팅에 큰 비용을 지출하기 때문에 소비자 입장에서는 쉽게 현혹될 수밖에 없다. 이런 책들을 피하고 싶다면 '잘 팔린best sold' 책 위주로 선택하는 것을 권한다. 잘 팔린 책은 스테디셀러라고도 불린다. 스테디셀러가 되기 위해서는 반드시 '잘 팔리고 있는best selling' 책에 이름을 먼저 올려야 한다. 베스트셀러여야만 스테디셀러가 된다는 말이다. 최소 한 달 정도 베스트셀러 목록에 올라와 있는 책을 구매하면 실패 확률이 줄어든다.

독서모임에 참여하는 것도 효과적인 방법 중 하나다. 독서모임에서는 내가 평소 접하지 못했던 분야의 책을 새롭게 읽어볼 수 있다. 나보다 독서량이 많은 친구에게 책 추천을 받는 것과 비슷하다. 독서모임은 짧은 독후감을 제출하는 방식으로 운영되기도 하기 때문에 내가 읽은 내용을 정리할 수 있다는 장점도 있다. 독후감을 쓰지 않더라도 서로의 의견을 공유하는 과정에서 새로운 통찰을 얻기도 한다. 서평을 쓰는 것과 동일한 효과가 발생한다.

독서모임에서 중요한 것은 누구와 토론을 하느냐다. 멤버 간 독서량의 차이가 너무 크면 제대로 된 토론이 이루어지지 않는다. 나는 언론사 스터디를 하면서 병행했던 독서모임이 가장 기억에 남는다. 헨리 데이비드 소로의 《월든》이나 님 웨일스·김산의 《아리랑》 같은 책들을 읽었는데, 사고를 확장하는 데 큰 도움이 됐다. 공공기관 재직 중에도 후배들과 함께 독서모임을 운영했는데, 인문학적 소양이 뛰어난 후배의 의견을 들으며 새로운 관점에서 사안을 바라볼 수 있었다. 요즘에는 유료 독서모임도 다양하게 신청할 수 있어 선택지가 더 넓어졌다. 사람들과 함께 책을 읽고 토론하는 과정에서 많은 것을 배울 수 있을 것이다.

*

책 제대로 읽는 법

나는 20대 초반부터 30대 중반이 된 지금까지 매년 50권 이상의 책을 읽고 있다. 사실 연 50권이면 '독서광'이라고 할 정도로 아주 많은 숫자는 아니다. 1년이 52주니까 1주일에 한 권 정도, 매주 한 권씩 책을 읽는 습관을 15년가량 유지했다. 처음에는 책을 읽고 난 후 시간이 조금만 지나면 머리에 남는 것이 거의 없었고, 다양한 책을 접하면서 어떻게 효율적으로 독서를 해야 하는지에 대한 고민이 많았다. 많은 시행착오 끝에 책의 내용을 조금 더 잘 기억할 수 있는 방법을 터득했기에 소개해보려 한다.

책을 제대로 읽기 위해서는 준비물이 필요하다. 컴퓨터 혹은 필기구다. 책의 주요 내용을 메모하기 위해서인데, 준비물을 챙겼다면 책상에 앉아 작가의 이름과 책 제목을 기입한 뒤 이제 책을 펼쳐본다.

먼저 책 표지를 펼치면 표지 안쪽의 날개에 나오는 저자 소개를 훑는다. 저자의 이력을 살펴보는 것은 책의 내용을 파악하는 데 도움이 된다. 저자가 어떤 배경을 가지고 책을 썼는지 알 수 있기 때문이다. 또 다른 이유도 있다. 보통 우리가 어떤 책을 고를 때에는 그 분야의 직업 세계에 관심이 있는 경우가 많다. 미술관에서 일하고 싶은 구직자는 큐레이터가 쓴 책을 읽어볼 것이고, 기자가 되고 싶은 사람은 자신이 가고 싶은 언론사의 기자가 쓴 책을 읽어볼 것이다. 저자 소개에는 몇 년도에 태어나 어느 대학에서 무슨 공부를 하고, 어떤 회사에서 일했으며, 무슨 책들을 썼는지 나와 있다. 저자 소개를 읽음으로써 직업적인 '힌트'를 얻을 수 있고, 간접적으로나마 저자의 커리어를 살펴볼 수 있다. 전문서적의 저자는 그 분야에서 자리 잡은 사람일 가능성이 크기 때문에 내 진로를 설정하는 데에도 도움이 된다.

다음으로는 서문이 나오는데, 나는 보통 목차를 먼저 읽는다. 목차를 읽었는데 내가 원하는 정보가 아니다 싶으면 책을 덮는다. 전체 내용이 필요한 경우가 아니라면 필요한 부분만 읽는 것도 가능하다. 모든 책을 완독할 필요는 없다. 철학자 프랜 시스 베이컨은 "어떤 책은 맛만 보고, 어떤 책은 삼켜버리고, 어떤 책은 잘 씹어서 소화시켜야 한다"라고 말했다. 맛보기, 삼키기, 소화하기 중 어떤 것을 선택할지는 자신에게 달려 있다. 정독과 다독 중 어떤 것이 좋은지 묻는 질문도 이와 같은 맥락이다. 좋은 독서를 위해서는 정독과 다독을 섞어야 한다.

본격적인 독서로 들어가면 메모를 해야 할 일이 생긴다. 책을 읽다가 내가 몰랐던 새로운 내용, 기억했다가 나중에 써먹고 싶은 내용, 좋은 표현이나 문장 등 인상 깊은 구절을 중심으로 메모한다. 나는 주로 페이지 숫자를 적고, 이어서 내용을 적는다. 나중에 앞뒤 내용이 좀 더 궁금할 때 다시 찾아보기 위해서다. 컴퓨터로 타자를 치면 수월하게 작성할 수 있다는 장점이 있고, 손으로 노트에 쓰면 시간을 더 들이는 만큼 오래 기억에 남는다는 장점이 있다. 나는 시, 소설, 에세이 같은 문학은 노트에, 나머지 장르의 책은 컴퓨터로 정리하는 것이 편해서 그렇게 하고 있다.

그런데 여기까지의 과정만으로는 완전히 나의 지식으로 흡수되지 않는다. 막연하게 알고 있는 느낌은 들지만, 다른 사람에게 자신 있게 그 내용을 설명할 수 있는 정도의 지식이 머릿속에 남지는 않는다. 책 내용이 생각이 잘 안 날 때 메모한 내용을 꺼내볼 수는 있지만 매번 그럴 수는 없다. 이런 경우 서평을 쓰는 것이 도움이 된다. 제대로 책을 소화하기 위해서는 꼭 거쳐야 하는 과정이기도 하다. 책을 다 읽었으면 며칠 정도 스스로 생각할 시간을 갖는다. 책의 내용을 머릿속에서 곱씹는 과정을 거칠 때 자신의 지식으로 흡수된다. 서평을 쓰기 전 메모를 다시 읽어보되 메모의 내용을 복사하는 것은 좋지 않다. 메모와 서평의 차이가 있어야 한다. 메모는 책의 내용을 그대로 옮긴 것이라면, 서평은 내가 내용을 재조합한 것이다. 내용을 재구성해 나만의 목차를 만들고 그에 해당하는 내용을 작성한다. 물론 모든 책을 이런 방식으로 읽어야 하는 것은 아니다. 서평 전 단계까지만 해도 괜찮다. 나도 모든 책에 대해 서평을 남기지는 않는다. 하지만 서평까지 썼던 책은 아주 오래도록 기억에 남는다. 누군가가 책을 추천해달라거나, 인상 깊게 읽은 책이 뭔지 물어볼 때 자신 있게 답할 수 있다.

기본적으로는 메모를 하며 책을 읽고, 읽은 내용을 다시 나의 언어로 바꾸어보는 과정을 통해 읽은 책의 내용을 좀 더 잘 기억할 수 있게 된다. 문제는 장르별로 모두 같은 독서 방법을 적용할 수 없다는 데 있다. 자기계발서를 읽는 방법과 문학 작품을 읽는 방법은 완전히 다르다. 자신이 관심 있는 장르의 책부터 천천히 읽어나가되 어떤 한 장르를 완전히 배제하지는 않았으면 좋겠다.

개인적으로는 철학과 시가 접근하기 어려운 장르라고 생각한다. 철학은 인간과 세계에 대한 근본 원리와 삶의 본질을 연구하는 학문이다. 깊은 사유를 하고 싶다면 반드시 거쳐야 할 장르다. 또한 철학은 모든 학문의 기본이기도 하다. 철학책은 크게 세 종류로 나누어 살펴볼 수 있다. 첫 번째로 플라톤이나 장자처럼 고전으로 불리는 책이 있고, 두 번째로는 이 철학자들의 사상을 풀어쓴 사상가들의 책이 있다. 플라톤의 《국가》가 첫 번째 범주라면 '플라톤 국가 다시 읽기', '플라톤 국가 해설' 같은 책은 두 번째 범주에 속한다. 세 번째로는 동시대 철학자들이 현대인에게 삶의 지혜를 전하기 위해 쉽게 쓴 철학책들이 있다. 김형석 교수의 《백 년을 살아보니》나 최진석 선생의 《탁월한 사유의 시선》 같은 철학에세이가 여기에 속한다.

나는 철학을 읽으며 많은 통찰을 얻었기에 독서에서 철학을 빼놓지 말라고 말하고 싶다. 특히나 현대 철학자들의 에세이는 현대 사회를 살아가는 우리에게 행복, 인간관계, 성공, 돈 등과 같이 일상적인 내용을 인문학적으로 펼쳐 보인다. 쉽게 읽히는 철학책들도 많으니 철학이라는 단어에 주눅 들 필요 없다.

시詩는 마니아층은 존재하지만 대중적으로 인기 없는 장르 중 하나다. 학창 시절 시를 잘못된 방법으로 공부한 탓이 크다. 단어 아래에 밑줄을 긋고 이것이 무엇을 의미하는지 표기하는 방법으로 학습했기 때문이다. 한 시인이 수능에 출제된 자신의 시 문제에 오답을 표기했다는 웃지 못할 에피소드도 있다. 나 또한 대학교에 입학해서는 한동안 시를 쳐다보지 않았다. 그러다가 언론사 시험을 준비하는 과정에서 논술의 마지막 문장을 잘 쓰는 법에 대해 선배에게 조언을 구한 적이 있었다. 그 선배는 나에게 시를 읽으라고 조언했다. 처음에는 왜 시를 읽으라고 하는지 의아했지만, 꾸준히 시를 읽다보니 실제로 여운을 남기는 문장을 쓰는 데 도움이 됐다. 논술 시험은 더 이상 안 봐도 됐지만 그 이후로도 지속적으로 시를 읽었고, 지금은 모든 장르 중 시를 가장 좋아하게 됐다.

사람들이 시에 대해 오해하는 지점이 있다. 형식이 시를 규정한다는 생각이다. 즉 시의 가장 큰 특징을 '짧은 글'이라는 형식으로 오인하는 것이다. 지하철 스크린도어에 붙어 있는 정체불명의 글들이 오해를 부추긴 측면이 있다. 하지만 시의 핵심은 형식이 아닌 내용에, 내용 중에서도 '은유metaphor'에 있다. 은유는 'A는 B다' 같이 원관념과 보조관념을 동일시하여 대상을 설명하는 표현법이다. "내 마음은 호수다" 같은 표현이 그 예다. 시의 핵심이 은유이기 때문에 시의 내용은 쉽게 이해하기가 어렵다. 그러나 시를 이해하게 되면 완전히 새로운 세계가 나에게 훅 들어오는 듯한 느낌을 받는다. 나는 시가 모든 예술 중 가장 상위 단계에 있다고 생각한다. 그러므로 시를 읽는 것은 미학적 가치를 지니는 행위라고 볼 수 있다.

철학과 시 외에도 유독 손이 안 가는 장르가 다들 하나쯤은 있을 것이다. 편식이 건강에 좋지 않은 것처럼, 독서 편식 또한 열린 사고를 하는 데 걸림돌로 작용한다. 피하고 싶은 장르는 쉬운 단계에서부터 시작하는 것을 추천한다. 수잔 와이즈 바우어의 《독서의 즐거움》에서는 소설, 자서전, 역사서, 희곡, 시, 과학서 등 장르별로 책을 읽는 방법을 제안한다. 평소 어렵게 생각했던 장르가 있다면 이 책을 통해 읽는 방법에 대한 힌트를 얻을 수 있을 것이다.

책을 천 권 읽은 사람과 책을 한 권 읽은 사람 중 누가 더 모르는 것이 많을까. 역설적으로 들리겠지만, 천 권 읽은 사람이 모르는 것이 더 많다. 책을 한 권만 읽은 사람은 자신이 무엇을 모르는지 모르는 상태에 머물러 있는 반면, 책을 천 권 읽은 사람은 자신이 무엇을 모르는지 파악할 수 있기 때문이다. 모른다는 사실을 자각하는 것은 인간을 겸손하게 한다. 모른다는 것을 자각하는 가장 빠른 방법이 독서이며, 독서는 '무지無知의 지知'를 깨닫게 해준다. 성장을 위해 가장 중요한 태도는 바로 "나는 아무것도 모른다"는 자각이다. 사람이 겸손해지면 무언가를 배우려는 마음가짐이 커진다. 비로소 배움을 통해 성장할 수 있게 된다.

아인슈타인의 말처럼, 같은 방법을 반복하면서 다른 결과를 기대해서는 안 된다. 인생에 조금이라도 변화를 주고 싶다면 독서를 통해 새로운 정보들을 접하고 각각의 정보들을 접목해 나의 것으로 만들어야 한다.

지금, 여기에서 내가 할 수 있는 일을 하기

퇴사를 하고 브런치라는 플랫폼에 글을 쓰기 시작했다. 브런치는 '작가' 시스템이 있는데, 작가가 되고 싶은 사람은 글을 제출하고 나름의 심사를 통과해야 자격을 부여받는다. 실제로 브런치 플랫폼에서 인정받는 작가의 글은 단행본 출간으로 이어지는 경우도 많아, 나름대로 욕심이 생겨 '작가'에 도전했는데, 이전에 신청을 했다가 두 번이나 거절당한 경험이 있어서 세 번째가 되자 조금 망설여졌다. 그래도 한 번 더 용기를 내어 작가 신청 버튼을 눌렀다. 며칠 뒤, 감사하게도 작가로 활동할 수 있다는 메일을 받고 마치 정식 작가가 된 것처럼 기뻤던 기억이 난다.

하지만 기쁨도 잠시, 어떤 글을 써야 할지 막막했다. 계속 회사생활만 했던지라 특별한 이력이 없었고, 재미있는 주제를 찾자니 독특한 경험을 했던 기억이 떠오르지 않았다. 솔직히 말하자면 멋지고 대단한 무언가를 쓰고 싶었다. 쓰지 않는 날들이 이어질수록 머릿속으로는 위대한 작가들의 이름을 자주 떠올렸다. 그들과 비교하니 종이의 여백이 더 넓게 느껴졌다. 머릿속으로는 무엇이든 쓸 수 있을 것 같았지만, 현실은 '아직 발행된 글이 없습니다'라는 눈앞의 메시지뿐이었다.

그러다가 한 유튜브 영상을 보게 됐다. 새로 카페를 차리려는 사람은 자신보다 한 달 먼저 카페를 차린 사장님의 이야기가 듣고 싶지 스타벅스 CEO의 조언이 필요한 것은 아니라는 내용의 영상이었다. 나에게는 하찮은 지식일지라도 누군가에게는 큰 도움이 될 수 있다는 이 말에 용기를 얻어 나도 너무 어렵게 생각하지 말자고 다짐했다. 그저 '지금, 여기'에서 내가 쓸 수 있는 글을 담담하게 써내려나갔다. 공공기관을 그만둔 이유, 퇴사 전후에 느꼈던 감정들, 직장 다니면서 대학원 졸업하는 법, 언론사 시험 합격 비법, 주식 시장에서 돈 잃지 않는 법….

나의 이야기에 공감해주시는 분들이 하나둘 생겼고, 감사하게도 출판사 몇 곳에서 연락을 받기도 했다. 이름이 알려진 사람도 아니고, 남들이 못한 특별한 경험을 한 것도 아니었지만, 지금까지 살아온 이야기들을 써내려간 것이 콘텐츠가 되었다.

이전에는 준비를 완벽히 한 후 실행에 옮기고 싶은 마음이 컸던 것 같다. 사실 지금도 그런 마음이 없다고 할 수는 없다. 하지만 만약 내가 더 멋진 콘텐츠를 만들어내기 위해 계속 준비만 했다면, 지금 이렇게 책을 출간할 수는 없었을 것이다.

배우 김수현의 수상소감이 화제가 된 적이 있다. 그는 2010년 처음으로 신인상을 탔을 때 이렇게 말했다. "앞으로 10년만 지켜봐주십시오. 꼭 좋은 배우가 되어 있겠습니다." 다음 해인 2011년에는 앞의 말에 이어 "작년에 제가 감히 이런 말씀을 드린 적이 있습니다. 이제 9년 남았네요"라고 말했고, 첫 신인상을 수상한 지 3년이 흐른 대종상영화제에서는 "앞으로 7년 동안 잘해 보이겠습니다"라고 했다. 이후에도 '10년'을 다짐하는 수상소감을 이어나갔다. 올해가 그 10년째인 2020년이다. 그는 잘생긴 외모 때문인지 쉽게 스타가 되었을 것이란 이미지가 있지만, 4수 끝에 연극영화과에 입학한 것도 그렇고, 필모그래피도 화려함보다는 꾸준함에 가깝다.

자신을 단단하게 만드는 인고忍苦의 시간이 필요하다는 것은 누구나 인정한다. 하지만 실제로 그 시간을 견뎌본 사람은 안다. 그게 쉬운 일이 아니라는 것을. 그 시간은 생각보다 너무 힘들어서 매일 울고 싶은 마음이 든다. 내가 가는 길이 맞는지

조차 알 수 없을 때는, 포기하고 싶은 마음이 드는 것은 당연하다. 이런 마음이 커졌을 때는 '어제'보다 '오늘' 조금 더 나아지는 것만을 목표로 삼아보는 것도 괜찮다.

사람이 하루에 1%씩 성장하면 1년에 약 38배 성장하는 결과를 얻을 수 있다고 한다. 눈에 보이지 않는 작은 변화가 쌓이면 어느새 커다란 흐름을 바꾼다. 이 책이 당신의 마음에 '어떻게 살 것인가'라는 질문을 던지고, 스스로 고민하고 변화할 수 있게 만드는 작은 씨앗이 되길 바라며, 이 책을 읽은 당신이 어제보다 오늘 더, 오늘보다 내일 더 성장하게 될 것으로 믿는다.

마음시선: 마음을 담은 시간을 선물하다

시간이 흘러도 변치 않는 가치를 지닌 책을 만들고 싶습니다.
따뜻한 마음을 담은 시간으로
소중한 책을 만들어 당신에게 선물합니다.

어제보다 오늘, 더 성장하고 싶은 너에게

ⓒ 정서연 2020

1판 1쇄 2020년 11월 6일
1판 2쇄 2021년 2월 16일

지은이 정서연

책임편집 김수현
디자인 슬로우페이퍼

펴낸이 김수현
펴낸곳 마음시선
출판등록 2019년 10월 25일 (제2019-000097호)
주소 서울시 마포구 신촌로2길 19, 마포출판문화진흥센터 3층 318호
이메일 maumsisun@naver.com
인스타그램 @maumsisun

ISBN 979-11-971533-0-3 03810